KB071125

시인 신경림

글 이경자

1973년 〈서울신문〉 신춘문예로 등단.

여성주의 관점으로 쓰인 연작소설 『절반의 실패』로 알려짐.

출간한 책으로 남존여비를 근현대사의 격랑에 넣어 그린 장편소설 『사랑과 상처』, 여성성의 왜곡에 대한 근원적 질문을 던진 장편소설 『그 매듭은 누가 풀까』, 무속 신앙의 신탁자가 되기 위한 의례인 내림굿을 소설로 풀어 쓴 장편소설 『계화』, 수복 지구 양양의 지정학적 고통과 슬픔을 여섯 살 아이의 시선으로 쓴 장편소설 『순이』, 탈북자 여성을 통해 현대사의 질곡을 그린 장편소설 『세 번째 집』, 중단편집 『건너편 섬』 등이 있음.

이 밖에 대표적 산문집으로 『딸아, 너는 절반의 실패도 하지 마라』 등이 있으며, 중국 모계 사회를 곁눈질한 문화 체험기 『이경자, 모계 사회를 찾다』가 있음.

someday48@hanmail.net

시인 신경림

—

초판 1쇄   2017년 8월 18일
초판 2쇄   2017년 9월 18일
지은이   이경자
펴낸이   김영재
펴낸곳   사람이야기

—

주소   서울 마포구 양화로3길 99 4층 (04022)
전화   3142-1585 · 6
팩스   336-8908
전자우편   chaekjip@naver.com
출판등록   1994년 1월 13일 제10-927호
ⓒ 이경자, 2017

—

* 사람이야기는 책만드는집의 임프린트입니다.
* 이 책의 판권은 저작권자와 책만드는집에 있습니다. 이 책 내용의 전부
  또는 일부를 재사용하려면 양측의 동의를 받아야 합니다.
* 잘못 만들어진 책은 구입하신 서점에서 바꾸어 드립니다.

—

ISBN 978-89-7944-620-3 (03810)

시인 신경림

글 이경자

사람이야기

차례

1부
신웅식의 시간들

｜　　　　시인 신경림은 정릉동에서 산다. 사시사철 태
조 이성계의 계비繼妃인 신덕왕후가 묻힌 정릉貞陵의 바람과
숲의 향기가 느껴지는 곳이다. 이곳 아파트 단지엔 결혼해
서 사는 아들과 딸, 손자와 손녀도 이웃해 살아 자식보다
더 사랑스러운 손자 손녀의 훈기를 띤 노년이 따사롭다.
이곳에 오기 전엔 정릉과 길음동의 이쪽저쪽 두어 군데를
이사 다니며 살았다. 어쨌든 이 지역에서 산 세월의 켜가
두텁다. 심지어 그의 종친 중에선 신경림에게 '정릉 신씨'
로 본관을 바꾸라는 우스갯소리를 하는 이도 있다. 하지만
신경림이 처음부터 미아리고개와 잇닿은 길음동과 아리랑
고개 너머, 사람들의 집이 촘촘하게 들어선 정릉천 이쪽저
쪽을 오가며 산 것은 아니다.

신경림은 1935년 4월 6일에 충청북도 충주군 노은면에서 태어났다. 지금의 충주시다. 정월 명절은 양력설을 쉰다는 신념을 가지신 할아버지는 손주의 이름을 신응식申應植으로 짓고 호적도 양력에 맞춰 올렸다. 신응식은 할아버지의 여러 형제들 중에 사내로 태어난 첫 번째 손자여서 종가宗家에서는 물론 집안의 관심과 기대를 모으고 특별한 대접을 받으며 유년기를 보내게 됐다.

할머니는 부지런하고 어머니는 말이 없었지만 속이 차고 뜻이 깊었다. 신응식이 아직 어릴 때에는 대를 이어 집안일을 하던 하인도 있었다. 할아버지는 늘 손자와 겸상을 받았다. 그의 아버지는 다른 상에서 삼촌과 함께 식사를 하고 나머지 식구들은 다 함께 둘레상에 둘러앉아 밥을 먹었다.

할아버지는 상 앞에 손자가 마주 앉지 않으면 식사를 하지 않았다. 할아버지 상에만 올리던 장조림이나 굴비는 당신 손으로 떼어 어린 손자의 수저에 올려주었다. 그리고 그것을 맛있게 받아먹는 모습을 지켜보았고 큰 즐거움으로 삼았다. 제사가 많은 종가 큰댁에서도 별미가 생기면 신응식을 불러 먹이거나 음식을 싸서 보냈다. 피붙이들이 모여 살던 집성촌에서 신응식은 귀하디귀한 사내아이였다.

신경림은 육미肉味를 즐기지 않는다. 보통 남자들이 보양식으로 즐기는 보신탕은 물론 다른 육류도 마찬가지다.

"원래 고기를 싫어하시나요?"

어느 하루 궁금해서 여쭤보았다.

"어릴 때 하도 그런 걸 먹어서 지겨워진 거 같아. 물렸나봐."

누구에게나 그렇겠지만 신경림의 식성에도 여전히 유년이 가득 차 있었다. 세 살 버릇 여든이라지 않던가. 여든 세월이 지난 지금의 식성에도 그 시절이 그리움처럼 남아 있는 것이다.

신경림은 그렇게 고기는 질렸지만 생선은 좋아한다. 특히 생선초밥, 아니면 굴비구이. 굴비구이를 잘하는 단골 식당도 여럿 있다. 신경림의 보리굴비 단골 식당에 가면 주인이 거짓말 보태 팔뚝만 한 굴비를 접시에 담아 내와선 먹기 좋게 조각내 놓는다. 신경림은 알뜰하게 접시를 비운다.

수십 년째 신경림을 회장으로 한 무명산악회에서도 그런다. 일요일마다 삼각산의 한 자락을 구기동 방향에서 올라가는데 점심상을 펴면 오래도록 총무 일을 맡아온 김태

서 씨가 광주에서 동생이 보내온다는 보리굴비를 내놓는
다. 어두일미. 대가리를 맡아 뼈도 남기지 않는 보리굴비
청소부는 소설가 현기영이다. 그를 '경림이 형'으로 호칭하
는 현기영 소설가. 신경림 시인에겐 만나서 반가우나 이젠
술독이 떠올라 두려운, 눈물겹게 서로 좋아하는 짝패다.

귀하게 태어나 준 어린 손자 응식에 대한 할아버지와 할
머니의 사랑은 '응식에서 경림'에 이르는 평생의 세월에 반
석 같은 자긍심을 만들어놓았다. 어쩌면 응식의 아버지인
맏아들 신태하에 대한 실망감 때문일지 몰랐다. 할아버지
는 당신의 아들이 '큰 공부'를 해서 출세하길 바랐다. 그러
나 아들은 농업학교를 나와서 면 서기를 하다가 나중에 금
융조합 서기를 했다. 할아버지의 기대에 퍽 미치지 못해서
어린 신응식은 은연중에 아버지에 대한 집안의 실망까지
제 등에 짊어져야 했다.

하지만 아직은, 여전히 행복했다. 집 주위의 나무들에 아
이들의 이름패를 달아놓던 할아버지가 살아 계실 때까지.

사랑방에는 할아버지가 앉아 계신다.

그 앞에 무릎을 꿇고 앉은 것은 텃도지가 밀려 잔뜩 주눅

이 든 허리 굽은 새우젓 장수다.

건넌방에는 아버지가 계신다.

금광 덕대를 하는 삼촌에다 금방앗간을 하는 금이빨이 자랑인 두집담 주인과 어울려

머리를 맞대고 하루종일 무슨 주판질이다.

할머니는 헛간에서 국수틀을 돌리시고 어머니는 안방에서 재봉틀을 돌리신다.

찌걱찌걱찌걱…… 할머니는 일이 힘들어 볼이 부우셨고,

돌돌돌돌…… 어머니는 기계 바느질이 즐거워 입을 벙긋대신다.

나는 사랑방 건넌방 헛간 안방을 오가며 딱지를 치고 구슬장난을 한다.

중원군 노은면 연하리 470, 충주시 역전동 477의 49,

혹은 안양시 비산동 489의 43, 서울시 성북구 정릉동 227의 29.

이렇게 옮겨 살아도 이 틀은 깨어지지 않는다.

할아버지는 사랑방에 아버지는 건넌방에, 할머니는 헛간

에 어머니는 안방에 계신다.

　내가 어려서부터 버스를 타고 기차를 타고 외지로 떠돈
건 여기서 벗어나고 싶어서였으리.

　어쩌랴, 바다를 건너 딴 나라도 가고 딴 세상을 헤매다가
도 돌아오면 다시 그 자리니.

　저승에 가도 이 틀 속에서 살 것인가, 나는 그것이 싫지만.

　어느새 할아버지보다도 아버지보다도 나이가 많아지면
서 나는 나의 이 집이 좋아졌다.

　사랑방과 건넌방과 헛간과 안방을 오가면서

　철없는 아이가 되어 딱지를 치고 구슬장난을 하면서

　나는 더없이 행복하다, 이 그림 속에서.

—「즐거운 나의 집」 전문

　신응식은 할아버지의 귀여움과 기대에 맞춰 공부를 잘
했다. 주변에서 '천재'라는 소리도 들었다.

　"네 애비를 닮지 마라."

　할아버지는 손자의 귀에 못이 박히도록 말했다. 어쩌다
인삼이나 녹용이 들어오면 할아버지는 아들에겐 손도 못

대게 하고 손자에게 먹였다. 어려서 보약을 너무 먹이면 좋지 않다는 말이 있었지만 할머니 또한 그런 말들을 다 마다하고 손자에게 먹였다.

"하는 일 없이 몸만 튼튼하면 뭘 해."

손자에게 정성 들여 달인 인삼 녹용을 먹이면서 할머니는 이렇게 말했다. 그 말의 의미를 다 이해하지는 못해도 아들에 대한 실망을 드러내며 이렇게 손자 앞에서 내뱉는 말이 정작 신응식에겐 부담이었을지 모른다. 네 애비를 닮지 말라던 할아버지, 하는 일 없이 몸만 튼튼하면 뭘 해, 라고 말하던 할머니의 사랑은 그에게 무엇이 되었을까.

할아버지는 한학으로 인근에서 조금 알려진 어른이었다. 한학을 하면서도 문약으로만 흐르는 것을 경계했다. 집안의 젊은이들이 의학과 농학 등의 신학문을 하는 데 적극적이었다. 그런 할아버지가 천재로 불리던 손자의 세속적 성공을 못 보고 세상을 떠났다. 신응식이 일곱 살 되던 해였다. 할아버지가 돌아가셔서 집안의 큰 초상을 치를 때, 신응식은 그것이 할아버지와 죽음으로 이별하는 의식이라는 걸 알지 못했다. 집안에 사람들이 몰려들고 먹을 것이 그들먹해서 할아버지와 이별하는 초상이 큰 잔치인

줄만 알았다.

그리고 함께, 그의 즐거운 어린 날도 끝물로 접어들었다.

그는 충주군 노은면에 있는 노은초등학교에 들어갔다.
학교에서 이십여 리 떨어진 길을 줄지어 걸어서 목계나루
로 소풍을 다녔다. 지금 와서 보면 물이 줄고 강폭도 좁아
졌고 경치가 다 망가졌지만, 목계나루의 건너편 산언덕에
지어졌던, 위용이 사뭇 거대하게 보였던 물산物産의 도매업
자 도가都家도 없어졌지만, 그에겐 난생처음 발견한 출구였
다. 다른 세상으로 나가는 슬픔과 설렘과 그리움과 희망의
장소였다. 강원도 정선으로부터 뗏목이 왔다. 저물녘이면
뗏목에서 밥을 짓는 연기가 구물구물 오르고 그들이 부르
는 노랫소리가 퍼졌다. 그 노래가 「정선아리랑」이라는 사
실은 퍽 나중에야 알게 됐다. 목계나루터엔 남한강에서 가
장 큰 장이 섰다. 장날이면, 세상 어디가 이곳처럼 화려하
고 풍성할까 싶게 붐볐다. 서울로부터 배에 실린 새우젓과
간을 한 생선들이며 물산을 풀어놓으면 정선과 영월 제천
문경에서 온 장사꾼들이 콩과 팥 등의 농산물을 부렸다.
주막도 흥청거리고 객고를 푸는 남정네들의 주머니를 살

피는 색시들도 있었다.

신응식은 집을 떠나 목계나루에 나와 살길 꿈꿨다. 더멀리는 못 가더라도 목계나루까진 와서 세상을 만나고 싶었다. 이웃에 살던 친척 형들을 따라 목계에 와서 나룻배를 타고 건너편으로 나가면 그 배가 다시 돌아가기까지 두어 시간이 걸렸다. 그 시간 동안 형들은 술을 마시고 신응식은 가슴에 자유, 방황, 탈출, 대처大處 따위의 환상을 키우고 강가를 돌아다니며 놀았다.

어느덧 신응식은 노은초등학교의 6학년이 되었다. 이해, 세월이 지나고 또 지나도 잘 잊히지 않는 일이 생겼다. 충청북도에서 실시하는 문예 현상 모집이 있었다. 응식은 산문을 지어 응모했다. 이때 시를 지어 응모한 아이가 따로 또 있었다는 건 알지 못했다.

그의 집안에는 산을 돌보는 산지기네가 있었는데 산지기의 아들이 같은 학년의 같은 반에 다녔다. 산지기는 종중 땅을 부치는 대신 산소를 돌보고 시향 때 제물을 준비하는 일을 했다. 그의 집안에선 그를 산지기라고 괄시하지 않았지만 산지기는 장날이면 술에 취해서 장바닥에 널브러졌고 그런 아버지를 어린 자식 둘이 질질 끌고 집으로

가곤 했다. 그 산지기의 둘째 아들이 응식과 같은 학년 같
은 반이었다.

산문을 응모한 뒤 오래지 않아 6학년 졸업반 학생 삼분
의 일 정도가 도청 소재지로 수학여행을 갔다. 형편이 되
는 학생만 떠난 여행, 그 첫날이었다. 인솔 교사와 친분이
있는 도교육청 직원이 와서 이번 도에서 공모한 현상 문예
에 노은초등학교 학생의 작품이 당선됐다는 말을 전했다.
그 말을 들은 교사나 학생들은 당선작에 뽑힌 학생이 당연
히 신응식이라고 믿었다. 모두들 의심 없이 축하하고 기뻐
했다. 신응식도 의심하지 않았다. 그는 공부도 잘했을 뿐
아니라 글도 잘 썼다.

수학여행 사흘은 신응식에게 꿈결 같은 시간이었다. 그
가 충주에서 노은면으로 돌아왔을 때 벌써 소문이 나서 고
향의 영웅이 되어 있었다. 아버지와 어머니는 애써 기쁨을
감추려 했고 할머니는 이 집 저 집 드나들기까지 하면서
자랑했다. 다음 날은 이른 아침에 부면장을 하는 당숙이
찾아와서 그런 데 당선하는 일이 얼마나 어려운 일인가,
침을 튀기며 설명하고 갔다. 등굣길엔 만나는 사람마다 신
응식을 칭찬했다. 어깨가 더욱 으쓱해졌다.

발표는 며칠 뒤에 있었다. 전교생이 운동장에 모였다. 단상에 오른 교장 선생님은 우리 학교에서 이런 큰 상을 탄 것은 개교 이래 처음이라고 길고 긴 격려사를 했다. 신응식의 마음은 이미 교장 선생님의 격려사 한가운데에 꽂혀 있었다. 그리고 상장과 상품을 수여한다면서 수상자의 이름이 불렸다.

　그런데 교장 선생님이 호명한 이름은 신응식이 아니었다. 뜻밖에도 산지기 아들의 이름이었다. 게다짝을 꿴 발을 내려다보며 기계충 오른 머리를 긁적거리다가 상을 받아 들고 쫓기듯 들어오는 그 애를 보면서 그는 넋이 나갔다.

　"그때 어떻게 버텼는지 몰라."

　신경림은 그때를 현재처럼 회상했다.

　소년 신응식은 이 충격으로 얼마 동안 큰길을 나다니지 못했다. 집에 있다가도 당숙이나 아버지 친구들이 오면 화들짝 뒷방으로 숨었다. 그때 집안에 소설가가 꿈인 어른이 있었다. 아버지의 팔촌 형제인 그는 꼴을 베면서도 책을 끼고 다녀 동네의 웃음거리였다. 그가 집으로 찾아와 신응식을 위로했다.

　"야, 그런 당선 같은 건 얼간이나 하는 거야."

하지만 이런 말은 전혀 위로가 되지 못했다. 신응식에게
이 일로 얻은 상처는 깊고 질겼고 오래갔다.

아버지는 할아버지가 돌아가시자 월급 생활자로 만족해
살지를 않았다. 광산에 손을 대기 시작했다. 마을 뒤편 골
짜기에 금광이 있었다. 그곳에서 광구 하나를 맡는 분광分
鑛을 하면서 삼촌을 덕대로 내세웠다. 광부들은 대개 외지
에서 온 사람들이었고 그 아내들도 따라와 있었다. 집 안
팎은 그들로 언제나 분주하고 어수선하고 들떴으며 말할
수 없이 소란했다. 그들은 억센 사투리를 썼고 함부로 거
친 행동들을 했다. 간조날이라고 해서 닷새에 한 번씩 품
삯을 계산하는 날이 되면 돼지를 잡고 신바람 나게 한바탕
씩 놀아댔다.

아버지는 광석을 캐는 일에서 한발 더 나가 광석을 분쇄
해서 순금을 얻는 일도 했다. 금을 녹여 수은으로 불순물
을 걸러내는 일이었다. 그래서 집 안은 독한 수은 내로 가
득했다. 마당가의 향나무와 개나리가 수은 독으로 시커멓
게 죽어갔다.

할머니는 마당을 쓸어 금 부스러기를 줍는 재미로 늘 신

이 나 있었다. 그 일을 하는 기술자는 중늙은이, 그의 아내
는 스무 살이나 어린 여자였다. 그 여자는 자신의 고향 이
야기를 하고 그곳의 노래를 불렀다. 끝없이 너른 수수밭이
펼쳐진 평원과 그곳에서 일하는 노동자들의 애환이 담긴
노래였다. 그 여자가 부르던 그곳의 노래, 들리고 또 들려
서 저절로 귀에 박혔던 그 노래.

'한 번 읽고 단념하고 두 번 읽고 맹세했소. 목단강 건너
가며 보내주신 이 사연을……'

그래서 신응식은 노동자들이 몰려드는 목단강의 골목을
상상하게 됐다. 더군다나 그 거리를 걸어보는 것이 인생의
목표 중 하나가 되어버렸다.

하지만 아버지가 하는 이런 돈벌이는 모두 투기성이 강
한 일이었다. 신응식은 아버지처럼 되지 않겠다, 아버지가
하는 일은 절대로 하지 않겠다는 결심을 했다. 아버지를
닮지 않는 일이 인생의 목표가 되었다. 할아버지도 할머니
도 그렇게 되어야 한다고 어린 그의 귀에 더께가 앉도록
말하지 않았던가.

그런 그, 응식에서 경림이 된 이후 그는 딱 한 번, 아버
지에 대한 시를 썼다.

툭하면 아버지는 오밤중에

취해서 너부러진 색시를 업고 들어왔다.

어머니는 입을 꾹 다문 채 술국을 끓이고

할머니는 집안이 망했다고 종주먹질을 해댔지만,

며칠이고 집에서 빠져나가지 않는

값싼 향수내가 나는 싫었다.

아버지는 종종 장바닥에서

품삯을 못 받은 광부들한테 멱살을 잡히기도 하고,

그들과 어울려 핫바지춤을 추기도 했다.

빚 받으러 와 사랑방에 죽치고 앉아 내게

술과 담배 심부름을 시키는 화약장수도 있었다.

아버지를 증오하면서 나는 자랐다.

아버지가 하는 일은 결코 하지 않겠노라고,

이것이 내 평생의 좌우명이 되었다.

나는 빚을 질 일을 하지 않았다,

취한 색시를 업고 다니지 않았고,

노름으로 밤을 지새지 않았다.

아버지는 이런 아들이 오히려 장하다 했고
나는 기고만장했다. 그리고 이제 나도
아버지가 중풍으로 쓰러진 나이를 넘었지만.

나는 내가 잘못했다고 생각한 일이 없다,
일생을 아들의 반면교사로 산 아버지를
가엾다고 생각한 일도 없다, 그래서
나는 늘 당당하고 떳떳했는데 문득
거울을 보다가 놀란다, 나는 간 곳이 없고
나약하고 소심해진 아버지만이 있어서.
취한 색시를 안고 대낮에 거리를 활보하고,
호기 있게 광산에서 돈을 뿌리던 아버지 대신,
그 거울 속에는 인사동에서도 종로에서도
제대로 기 한번 못 펴고 큰소리 한번 못 치는
늙고 초라한 아버지만이 있다.

—「아버지의 그늘」전문

언젠가 아버지는 아들에게 말했다.
"나를 닮지 않은 네가 장하다!"

그러나 모질고 쓰라린 오랜 세월이 흐른 후에 아들은 깨달았다. 자신은 아버지를 빼닮았으되 실상, 아버지보다 못하다는 걸.

식민지에서 해방이 된 이태 뒤, 1947년이었다. 어머니가 마침내 친정 나들이를 나섰다. 금장사로 서울 나들이가 잦은 삼촌을 따라서였다.

그의 외가는 충청북도 괴산의 꽤 이름 있는 토호였다. 외할아버지가 육촌을 통해 상해임시정부에 자금을 댔다하여 징역을 살기도 했었다. 그 바람에 천석 전답을 모두 없애고 가세가 기울었다. 그해는 그렇게 망한 외가가 서울로 터전을 옮긴 지 십여 년이 된 때였다. 그들이 자리 잡은 충무로4가, 그곳에는 그의 외할머니와 외삼촌들이 살고 있었다.

서울 가는 차편은 트럭이었다. 삼촌이 광주鑛主의 집에 쌀을 실어 나르던 트럭의 짐칸을 어렵게 얻은 것이었다.

열두 살 소년 응식의 눈에 들어온 서울은 을씨년스러웠다. 목계나루의 장터에서 느꼈던 서울, 그리고 소장수들이 사라지던 언덕길을 바라보며 꿈꾸었던 막연하지만 그윽하고 화려하고 웅장한 '다른 세상' 서울과는 너무 달랐다. 필경 그의 눈에 들어오긴 했을 자동차와 사람은 기억에도 남지 않았다. 그저 옷깃을 파고들던, 유별나게 차가운 바람과 골목을 어지럽게 날아다니던 종잇조각들과 쓰레기뿐이었다.

충무로4가의 외가는 똑같은 모양으로 지어진 2층 상가세 채였다. 한 채는 세를 주고 한 채는 큰외삼촌이 전기가게를 냈고 다른 한 채에 외할머니와 작은외삼촌이 각각 한 층씩을 쓰고 있었다. 외할머니네엔 이미 다른 손님들이 와 있었다. 어머니의 외삼촌과 그 아들이었다. 고향에서 무슨 폭동에 연루되어 피해 와 있었다는 건 그곳을 떠난 뒤에야 알았고 이해했다.

사법고시를 준비하던 작은외삼촌은 새벽밥을 먹고 도시락을 들고 집을 나갔다. 그래서 웅식에게 서울 구경을 시킨 것은 어머니의 외사촌이었다. 스물을 갓 넘긴 그는 얼굴이 희고, 껑충 키가 컸다. 그는『지하로 뚫린 길』같은 우리말 책과 가와카미 하지메의『가난 이야기』같은 일본어 책을 가지고 있었다. 그런데 도서관에서 돌아온 작은 외삼촌은 그에게 쓸데없는 책만 읽는다고 핀잔을 주곤 했다.

그러면 그도 지지 않았다.

"고등고시 같은 거 돼도 아무 소용 없는 세상이 온다니까요!"

그가 자신 있게 말했다.

"저 앤 형 말을 안 들어 탈이야."

곁에서 지켜보던 외할머니도 그를 못마땅해했다. 그는 소학교를 겨우 나오고도 초등학교와 중학교의 정교사 자격증을 따놓은 사람이었다. 그는 응식을 데리고 빵집 같은 데 가서 "좋은 세상이 오면……"이라고 말했다. 그의 입엔 그 말이 붙어 있는 듯했다. 좋은 세상이 오면 책도 사주고 털모자도 사주겠다고 하던 그의 모든 말은 무턱대고 '좋은 세상'으로 시작했다. 그는 응식에게 《별나라》라는 월간지를 사줬다. 그걸 작은외삼촌이 보았다.

"그따위 책은 봐서 뭐 하냐. 내가 오늘 도서관 갔다 오다가 다른 책 사 오마."

작은외삼촌이 말했다.

작은외삼촌은 그날 저녁 톨스토이의 『바보 이반』을 사왔다. 하지만 응식은 어른들 몰래, 특히 어머니 몰래 《별나라》를 가방 속에 간직했다. 책 표지에는 할아버지 할머니

어린이들이 함께 벚꽃나무를 뽑아내는 그림이 그려져 있었다. 첫 장에는 "가난한 노동자와 농민이 잘 살고 그 아들딸들이 마음 놓고 공부할 수 있는 나라……" 따위의 글이 적혀 있었다. 하지만 응식은 그때 이후 그를 다시는 볼 수 없었다. 아무도 행방을 알 수 없었던 그는 사라지거나 죽은 사람이었다.

2부
떠나는 설렘과 돌아오는 안도

아버지의 한탕주의와 투기성이 강한 생활 태
도는 집안 식구 누구에게도 환영받지 못했다. 돈이 벌리는
가 싶으면 빈털터리가 됐다. 어떤 날은 돼지를 잡고 술독
을 들여와 진탕 퍼마시고 취하고 난장을 벌였지만 또 어떤
날은 장터에서 빚쟁이에게 멱살 잡힌 아버지를 보아야만
했다.

더군다나 아버지는 어린 술집 색시를 집으로 데려와 한
집에 살다가 마침내는 집 마당 앞의 텃밭에 그림 같은 집을
지어 딴살림을 냈다. 할머니는 넌더리를 냈지만 어머니는
쓰다 달다 말이 없었다. 실망을 넘어 환멸에 말문이 막혔을
어머니의 마음을 어찌 어린 아들이 어림짐작이나 했을까.
그저 말없이 바느질을 하던 어머니의 모습만 각인됐다.

어머니의 바느질 솜씨는 빼어나서 면내 유지들 옷을 짓는 것 말고도 양복까지 만들어 자식들에게 입혔다. 그렇게 번 바느질삯은 집안 살림에 요긴하고 요긴했다.

할머니도 가만있지 않았다. 어느 날 읍내에 사는 고모네에 갔다가 신기한 것을 보고 왔다. 밀가루 한 포대를 순식간에 국수로 뽑아내는 신기한 기계를 본 것이었다. 국수를 만들자면 주부가 밀가루를 물에 개어 치대고 또 치대서 차지게 반죽을 한 뒤에 너른 상에 놓고 넓게 밀고, 그것을 포개어 칼로 채 치듯 썰어내는 게 전부이던 시절이었다.

할머니는 한산한 시골 장터에 틀국수 가게를 냈다. 그런 기계를 사고 가게를 얻자면 토질 좋은 밭 한 뙈기가 너끈히 들어가야 했으련만 할머니는 재산을 한 뼘도 축내지 않고 장만했다. 고모와 당숙모들은 삼촌이 길가에서 큰 금덩이를 주워서 그것으로 마련했다고 수군거렸지만 할머니도 삼촌도 끝끝내 입을 닫아 아무도 알 수 없었다.

할머니의 국수 가게는 숨 돌릴 틈 없이 잘되었다. 처음에는 주문을 받고 국수를 눌러주고 삯을 받았는데 곧 국수를 눌러 말려서 팔았다. 국수 가게는 번창했다. 응식은 국수 꼬랑지를 불에 구워 먹고 삼촌을 졸라 동전을 얻으면

팔짝 뛰쳐나갔다. 옆에 붙은 과자 가게엔 눈깔사탕은 물론 귤도 있었다. 귤이라면 이웃 아이들은 구경도 못 하던 과일이었다.

틀국수 가게는 영남에서 새재를 넘어와 서울로 가는 길가에 있었다. 옛 국도 변이었다. 일제가 서울에서 충청도로 가는 국도를 뚫었지만 해방 뒤에도 소를 몰고 서울 가는 소장수들은 이 길을 지났다. 응식은 새재를 넘어가는 소 떼와 소장수들을 바라보는 것이 재미있었다. 소들은 저희들끼리 약속이나 한 것처럼 한꺼번에 머리를 들고 움메 움메 울었다. 소장수들이 고삐를 당기며 이랴이랴 외쳤다. 소 떼를 보며 소 울음소리를 듣고 있노라면 응식의 가슴이 아릿해졌다. 그 이해할 수 없는 감정에 중독되었다. 그런 장면은 사나흘 도리로 이어졌다.

"저 소장수들 어데서 오는 거야?"

응식이 삼촌에게 물었다.

"새재 넘어 경상도에서 온단다."

"어데로 가는 거야?"

"서울로 가지."

"강은 어떻게 건넜어?"

"배 타고 건넜지."

그런 광경을 볼 때마다 웅식이 삼촌에게 물었다. 삼촌은 질리지도 않는지 늘 처음인 것처럼 대답해줬다. 삼촌과 소장수들과 소 떼를 바라보며 웅식은 떠난다는 것의 호기심과 슬픔과 그리움 따위를 느꼈다.

"나도 크면 소장수가 될 거야!"

마침내 이런 결심을 하고 삼촌에게 당당히 말했다.

"이놈 자식! 그래 겨우 소장수야!"

삼촌은 소리를 버럭 질렀지만 소 떼가 가는 곳, 서울에 대한 상상과 소장수의 낭만은 어린 소년에게 지워지지 않는 그림이 되었다. 목계나루와 더불어 그에게 '떠나는 일'은 마침내 시가 되고 그의 모든 것이 되었다. 떠나는 설렘과 돌아오는 안도安堵.

오랜 세월이 지난 뒤에 신경림은 자신의 시가 바로 '떠나고 싶고, 돌아가고 싶은 이런 충돌'에서 비롯되었다고 말했다.

길은 어디서 시작되어 어디에서 끝날까.

웅식은 꾸불꾸불 이어진 길, 그리고 그 길이 언덕을 오르다가 팥알만큼 잘아져서 아주 사라지는 것들을 오래도록 넋 놓고 바라보곤 하였다.

틀국숫집 앞엔 방죽이 있었다. 방죽 너머론 검은 콜타르가 칠해진 나무다리가 놓였다. 응식은 그 콜타르 냄새가 좋았다. 콜타르 냄새는 시골 냄새와는 달랐다. 그 냄새를 맡으며 다리를 건너서 다른 길로 접어드는 상상, 다른 세상으로 가는 상상은 너무 간절하고 애절했다. 다리를 건너서 길 끝에 있는 언덕까지 오르기도 했다. 언덕을 넘어 십 리를 더 가면 용당 장터가 있었다. 응식은 책 읽기를 좋아하고 책을 읽지 못하면 환장기가 돌 지경이었다. 보다 못한 할머니가 이웃의 새우젓 장수에게 응식을 딸려 보냈다. 장날에는 책 장사가 난전을 펼치고 책을 팔았다. 읽는 것이라면 담을 쌓은 아비와 달리 책을 좋아하는 손자 응식을 할머니는 늘 대견스러워했다.

하지만 그해 여름에 장마가 져서 다리가 떠내려갔다. 다리를 건너 다른 세상으로 난 길로 들어서는, 슬프도록 황홀한 꿈도 거기서 잠시 끊겼다.

사람들은 자기들이 길을 만든 줄 알지만
길은 순순히 사람들의 뜻을 좇지는 않는다

사람을 끌고 가다가 문득
벼랑 앞에 세워 낭패시키는가 하면
큰물에 우정 제 허리를 동강내어
사람이 부득이 저를 버리게 만들기도 한다
사람들은 이것이 다 사람이 만든 길이
거꾸로 사람들한테 세상 사는
슬기를 가르치는 거라고 말한다
길이 사람을 밖으로 불러내어
온갖 곳 온갖 사람살이를 구경시키는 것도
세상 사는 이치를 가르치기 위해서라고 말한다
그래서 길의 뜻이 거기 있는 줄로만 알지
길이 사람을 밖에서 안으로 끌고 들어가
스스로를 깊이 들여다보게 한다는 것은 모른다
길이 밖으로가 아니라 안으로 나 있다는 것을
아는 사람에게만 길은 고분고분해서
꽃으로 제 몸을 수놓아 향기를 더하기도 하고
그늘을 드리워 사람들이 땀을 식히게도 한다
그것을 알고 나서야 사람들은 비로소
자기들이 길을 만들었다고 말하지 않는다

응식은 노은면의 초등학교를 졸업하고 충주에 있는 충주사범병설중학교에 들어갔다. 그러나 산지기 아들은 고향에 남아 초등학교의 급사가 되었다. 초등학교를 졸업하고 중학교에 진학하는 학생은 많지 않았다. 하지만 응식네 집안에선 교육열이 높아 충주 시내에 대지 이천 평의 땅에 방이 열댓 칸이나 되는 집을 사서 아이들을 기숙하게 했다. 그래서 집안에선 고등학교까지는 모두 걱정 없이 다닐 수 있었고 최종 학력이 고졸이 안 되는 사람은 없었다. 고등학교를 졸업하곤 대개 서울이나 청주로 나가 대학까지 다녔다.

중학생이 된 응식은 집을 떠나는 것이 좋았다. 그것만큼 좋은 것이 또 있긴 했다. 교복과 교모가 생겨서 그것을 입고 머리에 쓰고 다니는 것이었다. 교복을 입고 교모를 쓰고 고향에 가면 자신도 모르는 사이에 저절로 우쭐해졌다. 노은면엔 일주일에 한 번, 주말에 갔다. 가고 올 때는 친척 형들과 함께였다. 물론 걸어서 오갔다. 집을 떠날 때 일주일 먹을 양식과 반찬을 가득 지고 왔지만 집으로 갈 땐 가

뿐한 걸음이었다.

그 시절엔 누구나 중학생이 될 순 없었다. 중학생이 된 아이들은 교복을 입고 교모를 쓰고 한껏 뻐기면서 초등학교 교정으로 가서 탁구도 치고 배구도 했다. 그럴 때 학교에서 응식은 급사로 남은 산지기 아들을 보았다. 중학생 티를 보란 듯이 내는 그들을 피해 교무실에 숨은 그 애를 찾아갔을 때, 그 애는 교무실 구석에 앉아서 통신 강의록을 펴놓고 있었다.

신응식이 중학교 3학년으로 올라가던 해 6월, 전쟁이 터졌다. 할머니가 육이오 사변이라고 말하는 전쟁이었다. 충주로부터는 멀리 떨어진 곳의 땅에 그어진 삼팔선을 넘어 인민군이 쳐내려왔다고 했다.

피란길을 떠나는 일은 돌아올 때를 준비하는 일이었다. 쌀이며 먹을 것들은 땅을 파고 묻었다. 어른들이 그런 일을 하는 동안 응식은 좋아하고 아끼는 물건, 축음기와 라디오를 감추는 데 골몰했다. 그러다가 꾀를 내어 허름한 가마니에 싸서 뒷간 천장에 숨겼다. 그가 이렇게 하고 있을 때 응식을 지켜본 아이가 있었다. 할머니를 마님으로 높여 부르는 창돌 애비의 민며느리 소녀였다. 어느 날 창돌 애비가 소녀를 데리고 와서 시집갈 나이까지 길러달라고 맡겼었다. 할머니는 틀국수 장사에 바쁘고 어머니는 삯바느질로 바빠서 아이 보는 소녀가 필요했었다.

석 달 만에 인민군이 퇴각하고 응식네의 짧은 피란도 끝났다. 그래도 피란처에서 돌아온 응식의 집은 난장판이었다. 땅에 깊이 묻었던 쌀과 먹을 것들은 모두 없어졌고 뒷간 천장의 가마니도 보이지 않았다. 응식은 순식간에 떠오르는 얼굴을 찾아 씨근대며 한달음에 달려갔다. 그 애는 고개 너머의 외딴집에 살고 있었다. 소녀는 응식을 보자 반색을 했다.

"오빠!"

소녀가 그를 소리쳐 불렀다. 응식은 한 치의 망설임도 없는 의심에 가득 차서 그 애를 노려보았다.

"야! 너 라디오 어떻게 했어!"

하지만 응식은 버럭 소리부터 질렀다.

"라디오?"

그 애가 얼떨떨한 표정으로 그를 쳐다보았다.

"시치미 떼지 마! 네가 가져갔지?"

응식은 망설이지도 않고 닦달했다. 그제야 전후 사정을 알아차린 소녀의 얼굴이 창백해졌다.

"오빠…… 내가?"

소녀가 말을 잇지 못했다. 놀라서 울지도 못하던 창백한 소녀의 표정을 뒤로하고 응식은 매정하게 돌아서 집으로 왔다.

그리고 꼭 사흘이 지나서였다. 아이보개가 필요해진 할머니가 소녀를 데리러 언덕 너머 외딴집으로 갔다가 실망을 감추지 못한 표정으로 돌아왔다.

"사내가 그렇게 성질이 급하고 옹졸해서야 무엇에 쓰겠느냐!"

할머니가 응식을 매몰차게 나무랐다.

"싸가지 없는 놈!"

집안일이고 아들의 일이고 그저 무심하던 아버지도 이때다 싶었는지 나서서 욕을 했다. 그러나 이런 것은 아무 것도 아니었다. 며칠 동안 이곳에 주둔했던 미군이 집집을 뒤져서 모든 것을 찾아내 개울가에서 때려 부수고 불을 질렀다는 목격자가 나온 것이었다.

응식은 할머니의 뜻을 좇아 다시 언덕 너머 외딴집으로

소녀를 데리러 갔다. 하지만 그 애는 끝내 응식네 집으로
돌아오지 않았다.

인민군이 떠났다고 해도 평화가 온 건 아니었다. 아직
국군이 돌아오지 않은 때였다. 도망가던 인민군이 되돌아
와서 치안대를 습격하고 대학살을 저질렀다는 소문이 흉
흉하게 떠돌았다. 숨어 있던 인민군과 국군이 격돌해서 온
마을이 불바다가 되었다는 소문도 들렸다. 사람들은 어서
국군이 들어와 안정시켜주길 바랐다.

그런 가을날 응식은 친구들과 도토리를 주우러 산에 갔
다. 도토리를 줍고 있다가 스리쿼터 한 대가 산길을 꼬불
꼬불 돌아 장터로 가는 걸 보았다. 모두 도토리 줍기를 그
만두고 장터로 달려갔다. 장터엔 스리쿼터를 둘러싸고 사
람들이 하얀 천막을 친 듯 모여 있었다. 스리쿼터 위에 헌
병이 올라가 말을 하고 있었다.

"국민 여러분, 이제 국군이 들어왔으니 모두들 안심하십
시오!"

사람들은 감격해서 만세를 부르고 애국가를 불렀다. 읍
내 유지들은 환영 잔치를 준비했다. 그러나 헌병은 빨갱이
를 잡는 것이 급하다고 서둘렀다. 빨갱이를 잡겠다고 가맛

41

골로 갔던 스리쿼터가 한 시간쯤 지나서 다시 장터 네거리로 돌아왔다. 스리쿼터엔 수염이 텁수룩하고 얼굴이 초췌한 사람 셋이 타고 있었다. 당시 웅식의 아버지는 그 자리에서 급조된 치안 책임자였다.

"대장! 똑바로 이야기하시오. 이자들이 굴속에 숨어 있는 것을 잡아 왔는데 빨갱이요 아니요?"

그러나 웅식의 아버지가 무어라 말하기도 전에 그의 등 뒤에서 누군가 소리쳤다.

"저 사람 민청에서 왔다 갔다 하던 사람 아냐?"

그 말을 들은 초췌한 사람이 입을 열었다.

"아니요, 난……."

그가 자기변명을 다 하기도 전에 총소리가 울렸다. 사람들은 제풀에 겁에 질려 사방으로 흩어졌다. 그러나 헌병들이 다시 사람들을 불러 모았다. 웅식의 아버지도 벌벌 떨었다.

"빨갱이는 변명을 들어볼 필요도 없어!"

장교가 피를 흘리는 처형자들을 향해 말했다. 그리고 다른 두 사람을 처형해야 할지를 그에게 물었다. 그들은 그의 바짓가랑이를 붙잡고 매달렸다. 그들은 빨갱이 세상이 싫어서 강원도에서 피란 온 사람들이었다.

응식의 아버지의 보증으로 살아난 그들은 빨갱이 세상이 싫어서 피란 온 자신들이 빨갱이로 몰려 죽을 뻔했다고, 그 위기를 벗어나게 해준 그에게 수도 없이 절을 했다.

이날 응식은 처음으로 사람이 죽는 모습을 보았다. 하지만 그 불안하던 여름과 가을 사이에 그는 또 다른 시체를 보아야 했다.

미군이 다녀가고 또 국군이 들어왔다 가고 또 와도, 시국은 여전히 뒤숭숭해서 마치 큰일이 생기기 전의 침묵 같은 공백기가 얼음처럼 틈틈이 박혀 있었다.

어느 날 응식은 친척 형을 따라 이웃 마을로 갔다. 할머니의 틀국수 가게 앞 개울을 건너서였다. 다리가 떠내려가 영영 다시는 건널 수 없을 것 같던 그 고갯마루에 올라섰을 때였다. 친척 형은 응식에게 이 고장의 역사에 대해 이야기했다. 천오백 년 전 고구려와 백제가, 또 백제와 신라가 어떻게 싸웠는지 실감 나게 이야기했다. 그땐 충주에서 노은면으로 돌아오는 길가에 다리쉼을 하느라 개울가의 쓰러져 있는 돌에 앉으면 글자가 보이기도 했다. 그러나 그것이 무엇인지 알지 못하고 알려고도 하지 않은 채 그저 걸터

앉았을 뿐이었다. 동네 밭에는 곡괭이만 대면 사금파리가 쏟아졌었다. 역사 이야기를 좋아하는 형이 저 먼 기원전의 마한으로부터 백제의 근초고왕, 고구려의 장수왕, 신라의 경순왕을 이야기하다가 순간 멈칫하며 손가락질을 했다. 억새가 허연 수염을 너풀거리는 숲을 가리키고 있었다.

"저게 뭘까?"

억새 사이에 무슨 허연 것이 보였다. 응식은 친척 형이 하듯이 가까이 다가가 허연 것을 들여다보았다.

"사람이다!"

형이 소리쳤다. 사람이었다. 얼굴은 썩어 형체를 알아볼 수 없었지만 인민군 군관 복장에 단발은 그대로였다. 응식과 형은 달음박질로 언덕을 내려왔다.

"고등학생일 거야. 옆에 있던 공책 봤지?"

숨을 할딱거리며 형이 속삭였다.

새재를 넘어오는 소 떼를 보고 '애달픔'을 간직했던 길, 목계나루의 뗏목을 보며 '다른 세상'을 꿈꿨던 물길 등, 소년 응식의 그리움과 아름다움의 모든 것이었던 길은 이제 더는 그렇지만은 않게 되었다. 길에 스며든 세월에는 노을 같은 그리움만 있는 게 아니라는 걸, 아리랑 같은 서정만 있는 게 아니라는 걸 막연하고도 명료하게 알아차린 것이었다.

그리고 이해 10월 어느 날, 웅식은 또 하나의 끔찍한 죽음을 만났다. 호기심 많은 웅식은 전쟁 통에 시내가 어찌 변했는지 궁금해 좀이 쑤셨다. 그래서 가족들의 만류를 무릅쓰고 길을 나섰다. 폐허 속을 여기저기 쏘다니다가 한때 하숙을 했던 집을 찾았다. 종중에서 아이들을 위한 집을 마련하기 전, 아주 잠깐 있었던 집이었다.

하숙집 주인아주머니는 아비가 다른 아이 셋을 길렀었다. 그중 큰아들은 당시 미수로 끝난 무슨 폭동의 학생 책임자로 감옥살이를 하다 나온 후 퇴학을 당해 집에 있었다. 그가 웅식에게 임화의 『우리 오빠와 화로』나 박아지의 『심화心火』라는 책을 빌려줘서 읽기도 했었다. 웅식은 바로 그 큰아들의 생사가 궁금했지만 묻지 않았다. 무슨 변고가 생겼겠거니 지레짐작하고 있었다. 그런데 웅식이 밥상을 물리고 난 뒤였다. 그가 불쑥 방으로 들어왔다. 색안경을 쓰고 전투모를 내려 써서 얼굴을 가렸지만 이내 알아볼 수 있었다. 웅식이 인사했다.

"응, 너 무사했구나."

그의 말투는 무심했다. 하지만 응식은 무심할 수가 없었다. 전투복을 입었지만 계급장은 없었다. 전투모를 쓰고 색안경으로 얼굴을 가렸는데 엉덩이에 개다리 같은 권총이 매달려 있어서였다. 그는 여동생과 심각하게 이야기를 나누었다. 여동생은 간호장교로 나가겠다, 그는 절대 가지 말라, 그런 이야기였다.

그가 밥을 반이나 비웠을까, 밖에서 누가 그의 이름을 불렀다.

"꼭 하필이면 밥 먹을 때만 와서 찾는담!"

주인아주머니가 불평했다. 그가 밖으로 나갔다. 그러자 여태 침묵하고 있던 그의 동생이 늦을세라 형 자랑을 했다.

"우리 형 봤지? 특무대원이야! 인천 상륙할 때 미군들과 함께 맨 앞장에 섰어. 충주에서 빨갱이들도 여럿 잡았어!"

응식은 그 말을 조용히 들었다.

이날 밤 그는 돌아오지 않았다. 응식은 그 집에서 잠을 자고 아침밥을 얻어먹고 그 집을 나왔다. 그날 밤 특무대원 그가 개울가에서 총에 맞아 죽었다는 말은 얼마 후에 들었다. 그 소리를 듣는 순간 응식은 진저리를 쳤다. 온몸에 소름이 돋았다.

두 번째 피란길을 떠날 때 응식은 아버지에게 당돌한 제안을 했다. 집안의 돈을 식구 수대로 나눠서 간직하자는 것이었다. 피란 중에 어떤 일이 생길지 아느냐고 그럴듯한 이유를 댔다. 아버지는 불쾌감을 감추지 않았다.

"어린놈이 되바라져서!"

하지만 어쩔 수 없었다. 아버지는 술자리나 노름 자리를 만나면 피하지 못할 것이 뻔했다. 아버지를 믿지 못하는 것은 응식에게 내려진 할아버지의 유훈遺訓이나 다름없었다. 아직 어려도 그는 장남이어야 했다. 가장이 되어 집안을 책임질 의무와 권리가 있었다. 아버지는 위로 두 아들에게만 돈을 나눠주고 나머지는 당신이 가졌다. 응식의 제안을 일부만 들어준 것이었다.

피란길은 충청북도의 끝 영동에서 멎었다.

응식은 그곳에서 고향 친구들과 어울려 양담배 장사를 시작했다. 그러나 하루 종일 장사를 해도 담배 한 보루를 팔지 못했다. 영동에는 미군 부대가 없어서 중간상을 거쳐 담배를 받아야 했으므로 남는 게 없었다. 결국 친구들과 함께 미군 부대가 있는 대전에 가서 담배를 떼어 오기로 했다. 소년과 다른 두 친구는 통제가 심한 국도를 피해 철로를 걸었다. 철길을 걷는 건 흙길을 걷는 것보다 불편했지만 더 큰 문제는 철교를 지나는 일이었다. 발아래로 까마득히 강물이 내려다보이는 철교를 걷자니 금방 떨어져 죽을 것 같았다. 하지만 이렇게 어렵사리 담배를 사 왔는데 영동에 미군 부대가 들어왔다. 담뱃값이 반 토막 났다. 할 수 없어서 황간면까지 걸어갔다. 그곳에선 양담배가 팔리지 않았다. 영동에서 대전으로, 다시 영동군에서 황간면으로 걸어 다닌 끝에 응식은 마침내 빈털터리가 되었다. 아버지와 불화의 기미를 감수하면서 얻어낸 자금을 모두 잃어버린 것이었다. 이 충격으로 소년 가장, 할아버지의 유훈을 절망으로 간직하게 된 신응식은 앓아누웠다.

"대가리에 피도 안 마른 놈이 똑똑한 체는 독판 하더니……."

아버지는 아들을 이렇게 나무랐고 응식에겐 또 하나의 지울 수 없는 '냉소'로 가슴에 박혔다.

응식은 다음 날, 하우스보이가 되기 위해 오백 미터쯤 떨어진 미군 부대로 걸어갔다.

"그 길이 왜 그렇게 멀고 지루하게 생각되었던지……."

그는 지금도 그때를 회상하면 그 기분이 그대로 떠오른다. 그날 그 멀고 지루하던 길의 끝에서, 그렇게 응식은 하우스보이가 되었다. 그는 미군 장교의 심부름을 하며 영어 마디를 익히게 되었다. 비록 미군 부대의 천막생활이었지만 먹을 것은 풍부했고 영어 마디까지 공부할 수 있었다. 미군 장교는 신사였다. 부대가 전선戰線을 따라 홍천으로 이동했다. 응식도 부대를 따라 강원도 홍천으로 갔다. 부대 막사는 홍천 강가에 있었다. 홍천 강가의 저녁노을은 책 읽기를 좋아하고 글도 잘 썼던 소년 응식에게 깊은 인상을 남겼다. 눈이 덮인 산의 능선에선 중공군이 호적을 불고 미군들은 아내나 애인의 사진을 꺼내 들고 눈물지었다. 전선이 조금 잠잠해지면 응식은 원주 시내로 나가는 미군 장교의 지프에 동승했다. 한국의 '색시'를 사러 가는 미군들이 대부분이었지만 응식의 장교는 사진 찍는 취미가 있었다. 그는 원주 시내의 골목과 낡은 집들, 남루한 피란민들, 가난한 한국 사람들을 열심히 찍었다.

소강상태에 빠졌던 전선이 더 치열해지고 부대가 전선 가까이로 이동할 때 장교는 하우스보이 응식에게 전선은 위험하니 집으로 돌아가라고 차비를 쥐여주었다. 먹을 것도 한 짐 얻어 어깨가 빠지게 지고 돌아왔다.

그리고 이렇게 그의 육이오는 끝났지만 아직 휴전은 회담 중이었고 여기저기서 포성을 울리며 전쟁은 지속되었다.

전쟁이 아직 끝나지 않은 1952년, 그의 나이 열일곱이었다.

응식은 충주고등학교에 진학했다. 신응식은 애당초엔 사범학교를 선택했었다. 그렇게 한 건 초등학교 교사가 되기 위해서였다. 순박한 아이들을 가르치는 선생님이 되어 수업의 시작과 끝을 알리는 종을 치며 학교에서 순수하게 살고 싶었다. 그건 순전히 아버지의 생활 방식에 대한 환멸과 냉소와 반항심 때문이었다. 그런 그에게 인문 고등학교에 진학해서 대학을 가야 한다고 간곡하게 말해준 선생님이 있었다. 영어 교사였다.

작문 시간의 과제물로 응식은 앙드레 지드의 『좁은 문』과 『전원 교향악』의 독후감을 써냈다. 그는 독후감을 읽고 국어 교사에게 보여준 것 같았다. 그는 응식이 그런 책 이외에 고리키와 투르게네프도 읽은 것을 알고 각별한 관심을 보였다. 그는 응식에게 일반 대학에 진학해 중고등학교 교사가 되라고 조언했다. 아버지에게도 일러 압력을 넣었다. 그래서 응식은 인문계 고등학교에 진학했다.

하지만 전쟁의 상흔이 남아 있는 작은 도시의 고등학교도 온전치 않았다. 피란 온 서울의 명문 고교의 아이들은 시골 학교의 교사와 수업을 드러내 놓고 멸시하는 태도를 보였다. 수업 시간에 들어오지 않거나 책상 위에 얼굴을 대고 잠을 자거나 다른 책을 읽거나 했다. 툭하면 결석에 조퇴도 서슴지 않았다. 이때 응식은 한 아이와 친할 기회가 있었다. 개성에서 피란을 온 그 애는 말이 없어서 별명이 '보릿자루'였다.

찢어진 종이우산을 쓴 그 애의 옷 주머니엔 나쓰메 소세키의 『나는 고양이로소이다』 문고판이 꽂혀 있었다. 문학을 좋아하고 일본어를 읽을 수 있다는 것으로 둘은 친해졌을지 몰랐다.

그 애의 집은 중앙시장 골목에 있었다. 비린내와 구정물내를 풍기는 질척이는 골목으로 들어서면 바로 문 앞에 신발을 벗고 문을 열고 들어가게 되어 있는 집이었다. 그날은 어머니와 누이가 무슨 일로 춘천에 가서 돌아오지 않는다는 것이었다. 전쟁 초기에 아버지를 잃은 보릿자루는 시

장에서 양키 물건을 파는 살찐 어머니와 늘 허연 종아리를
내놓고 다니는 누이와 함께 살았다. 한 칸 방의 가운데에
커튼을 드리워 놓고 윗방에서 보릿자루가 공부를 했다.

응식은 《문예》 같은 잡지에 실리는 시나 소설을 열심히
읽었다. 보릿자루는 그런 시나 소설이 치졸하기 그지없다
고 무시했다. 그 애는 고서점에 널린 문고판 세계문학 전
집을 읽었다. 그날도 둘은 그 애의 집에 가서 서로 문학에
대한 이야기로 한 치의 양보도 없는 토론을 하고 있었다.
그런데 어느새 통행금지 시간이 되었다. 그때 춘천으로 갔
을 거라 믿었던 그의 누이가 짙은 화장을 한 채 들어왔다.
누이 뒤로 한 남자가 따라 들어왔다. 응식은 집으로 돌아
가야 했지만 통행금지인 시간에 파출소가 몇 개나 버티고
있는 길을 지나갈 도리가 없었다.

이윽고 그 애의 누이가 들여놓아 준 양과자와 통조림 따
위를 먹고 친구와 함께 자리에 누웠다. 친구는 곧 코 고는
소리를 냈다. 그러나 응식은 잠이 오지 않았다.

어쩌면 잠깐 잠이 들었다가 이상한 소리에 문득 눈이 뜨
였을지도 몰랐다. 신음 소리 같기도 하고 우는 소리 같기
도 했다. 하지만 응식은 그것이 무엇을 뜻하는 소리인지를

금방 알아차리고 긴장했다. 호기심으로 눈을 크게 떴지만 커튼이 가로막고 있어서 두 젊은이가 벌이고 있는 온갖 모습을 상상하기만 했다.

친구는 쿨쿨 코를 골며 잠들어 있었지만, 웅식은 끝끝내 잠을 이룰 수가 없었다. 통금 해제까지의 시간을 그토록 길게 느낀 것도 그때 처음 경험했다. 사이렌이 울리기가 무섭게 웅식은 그 집에서 도망쳐 나왔고, 그 뒤로 그 친구를 피했다. 그렇다고 친구 누이의 모습이 쉽게 사라지는 건 아니었다. 웅식은 밤마다 그녀의 얼굴과 목덜미를 상상했다. 그리고 절망했다. 문학에 대한 꿈도 버려야 한다는 생각을 했다.

"어떤 문학가의 생애에서도 이렇게 추악하고 야비한 소년 시절의 모습은 찾아지지 않았기 때문에……."

그에게선 이런 모멸감이 떠나지 않았다.

그러나 좌절과 절망의 곁엔 미처 보지 못한 희망이나 구원이 있었다. 국어를 담당했던 유촌 선생님, 『대추나무 꽃 피는 마을』이라는 시집을 낸 시인이었다. 그는 교지에 실린 웅식의 시를 보고 다른 작품이 있으면 가져오라고 했다.

"쟤는 백지를 내도 국어 점수는 백 점을 주어야 할 아이야."

그는 공공연히 학생들 앞에서 말했다. 유촌 선생님은 나중에 문학평론가가 된 유종호의 아버지였다. 유촌 선생님은 방과 후 웅식을 따로 불러 읽어야 할 책을 일러주고 구할 수 없는 책은 빌려주기도 했다. 그해엔 교련에서 모집한 전국 고교 문예 작품 모집에 산문이 당선되었다. 이것으로 웅식의 고교 생활은 조금, 빛이 나게 되었다. 그런데도 비가 오는 날만은 견딜 수 없게 친구 누이의 붉은 립스틱이 묻은 입술과 허연 허벅지가 떠올랐다.

절망감에 사로잡히면 찢어진 우산 따위를 뒤집어쓰고 절을 지나, 언덕 밭을 지나, 과수원 사잇길을 지나 호수로 달려가곤 했다. 둑 마루에 서서 널따란 들판을 느릿느릿 달려가고 달려오는 기차를 앞서거니 뒤서거니 하고, 몰려가고 몰려오는 빗줄기를 보고 있으면 그래도 숨통이 트이는 것 같았다.

트인 숨통 사이로 시간이 흘러 그의 비리고 아린 사춘기도 가물가물 멀어지기 시작했다. 고등학교 3학년이 된 그는 입시 공부보다 더 유혹적인 러시아의 소설가 도스토옙스키를 만났다. 그의 『죄와 벌』을 읽고 『카라마조프가의 형제들』을 읽을 때 더 이상 '허연 허벅지'의 죄악감은 떠오르지 않았다.

그렇게 그는 사춘기의 마지막을 문학의 광산 속으로 들어가며 보냈다.

가슴에 돋은 붉은 여드름 같던 그의 사춘기. 사춘기는 강물처럼 흘러 영원히 돌아오지 못했다. 시詩로 복원된다 해도 결코 시는 삶이 아니어서.

3부
돌 하나, 꽃 한 송이

1954년, 열아홉 살 청년 응식은 대학생이 되었다. 동국대학교 영문학과에 입학한 것이었다. 영어라면 전쟁 때 원주와 홍천 강가의 미군 부대에서 하우스보이로 익힌 '엉터리 영어' 실력이 아직 기억에 남아 혀를 꼬부리게 했다. 그러나 문중에서 마련한 충주의 기숙사에서 공부하고 대학에 진학한 학생 중에 소위 일류 대학에 가지 못한 사람은 응식이 처음이었고 아버지의 실망은 이만저만이 아니었다. 그에게 응식이 어떤 아들인가. 하지만 그의 바로 밑 남동생이 서울대학교 공과대학에 합격해서 그는 아버지의 실망으로부터 좀 물러나 앉게 됐다.

학교는 다다미가 깔리고 목조 계단으로 오르내리는 충무로4가의 외가에서 멀지 않았다. 아무리 느리게 걸어도 반 시간을 넘길 수는 없었다.

그에게 외가는 낯설지 않았지만 어린 날 와본 그 외가는
아니었다.

그사이 자유, 사회, 자본, 공산 따위의 이름으로 서울은
어수선했고 그 파도에 휩쓸려 자신도 모르게 사라지거나
망가진 사람들이 많았을 것이다. 그리고 전쟁도 한바탕 지
나갔다. 외가에도 그런 흔적이 아주 없지는 않았다. "좋은
세상이 오면"을 입에 달고 살던 어머니의 외사촌, 좋은 세
상이 어떤 세상인지 설명하지 않은 채, 그런 세상이 오면
책을 사주고 털모자를 사주겠다던 어머니 외사촌의 모습
은 외가의 어디에도 남아 있지 않았다. 그가 사준 어린이
잡지 《별나라》의 표지는 과거의 심연으로 아득하게 가라앉
고 머지않아 삭아 없어질지 몰랐다.

"난세에는 그냥 죽은 척 가만히 있어야 하는 건데 공연
히 설쳐 제 부모 가슴에 못을 박았지……."

외할머니가 눈길을 피한 채 넋두리로 한 이 말이 그의
존재에 대한 설명의 전부였다.

그사이 공부밖에 모르던 외삼촌은 사법고시에 합격해서
판사가 되어 있었다. 아침을 먹으면 외할머니가 마련한 도

시락을 가방에 넣고 을지로4가까지 걸어가서 당신이 근무하는 서소문의 지방법원으로 출퇴근을 했다. 응식은 그런 외삼촌과 밥상을 받는 사이였지만 왠지 판사 삼촌과는 내면으로부터 가까워지지 않았다.

고즈넉한 일본식 외가도 따분했다. 숨을 쉴 때마다 가래 끓는 소리를 내는 외할머니, 판사인 외삼촌의 성실한 생활 태도도 그의 청춘의 열정을 짓누르는 것 같았다. 새벽에 일어난 외할머니가 싸놓은 도시락을 하나씩 들고 집을 나서면·까마득한 단절감의 벼랑으로 곤두박이는 기분이었다.

학교는 늘 텅 비어 있었다. 문이 닫힌 강의실 앞에 쭈그려 앉아 있거나 도서관 앞에서 서성거려야 했다. 그가 살아냈지만 그에겐 이해할 수 없는 세월에 대한 까마득한 절망감이 엄습하면 그는 삶의 중심을 놓친 두려움과 모멸감에 사로잡히곤 했다. 시간이 되면 후줄근한 차림의 젊은이들이 교문을 지나 강의실과 도서관으로 들어섰다. 그는 학생이었지만 학생이지 못했다. 강의 내용은 그에게 욕망을 불러일으켜 주지 못했다. 강의는 미숙하게 느껴졌고 수업은 시간을 대충 때우는 것처럼 보였다. 그는 수업을 듣지

않았다. 교정의 아무 데서나 멍하니 앉아서 그는 생각했으
나 아무것도 생각하지 않았다.

멀리 있는 그리움, 멀리 있는 인생, 그리고 모든 것들의
불안과 슬픔을 갈피갈피 젖히고 갈기갈기 찢으며 그는 삶
을 숨 쉬었다. 인생은 저기 있고 자신은 늘 여기 혼자 있었
다. 혼자인 그에게 시詩가 왔다. 시를 쓰고 도서관에서 책
을 읽었다. 스탕달과 발자크의 소설들을 마구 읽었다.

그는 시를 썼다. 시인을 만드는 통로인 문예지가 있었
다. 《문학예술》이었다. 그곳에 투고한 시로 추천을 받았다.
추천은 3회를 거쳐야 했고 그 관문을 통과하면 비로소 시
인이 되는 것이었다. 어린 그에게 천재라고 하던 어른들의
칭찬은 머리에서 지워지지 않았고 산지기 아들의 충격은
더 깊이 파묻어 버린 뒤였다.

그는 도서관에서 신문을 읽고 고바야시 히데오나 미키
기요시의 산문들을 읽었다. 그러다가 시간이 되면 도시락
을 먹고 시간이 되면 학교를 나와 골목길을 어정어정 걸어
집으로 돌아왔다. 집의 풍경도 늘 한결같았다. 시계추처럼
퇴근한 외삼촌은 한쪽 어깨가 올라간 자세로 단정히 앉아
법률 책을 읽었다. 외삼촌에게는 법률 책 읽는 것이 유일

한 즐거움인 듯했다.

이즈음 그는 청계천 고서점을 잘 다녔다. 어머니가 외할머니께 드리라고 보내온 돈에서 슬쩍 떼어내 용돈을 불렸다. 그 돈으로 헌책방을 갔다.

청계천의 서점가에는 산더미같이 책이 쌓여 있었다. 그 모든 책들은 먹을 양식을 마련하거나 술을 마시기 위해 내다 판 것들이라고 그는 생각했다. 백석과 정지용의 시집을 찾아내고 헐값에 샀다. 어느 날엔 가와카미 하지메의 『가난 이야기』를 발견했다. 그의 가슴이 뛰었다. 그 책과 함께 불쑥 떠오르던 어머니의 외사촌.

하지만 신응식은 『가난 이야기』의 가치를 알지는 못했다. 자장면 한 그릇 값을 주고 책을 사는 그를 지켜보던 젊은이가 있었다. 그가 신응식에게 책 좀 보자고 말을 걸었다. 그는 이리저리 들춰보다가 못내 아쉬운 듯 겨우 책을 돌려주었다. 그 후 두 사람은 그 고서점에서 몇 번 마주쳤다. 함께 차를 마시러 가기도 했다. 그는 같은 대학의 대학원 학생이었다. 두 사람은 가와카미 하지메를 화제에 올렸다. 신응식은 그때 미키 기요시의 『철학 노트』를 읽고 있어서 화제를 이어갈 수 있었다. 그리고 그는 이후 밤을 새워

가며 『가난 이야기』를 읽었다. 사치奢侈하지 않는 삶, 필요한 것 이상 지니지 않는 삶을 상상했다. 제대로 읽어낼 수 없었던 일본어 원서에서 자신이 얼마나 가와카미 하지메를 느꼈을지, 제대로 이해는 했을지, 그러나 그건 그다지 중요하지 않았다.

이후 신응식은 『철학 노트』와 『가난 이야기』를 읽은 학생들과 교유하기 시작했다. 그들은 신입생에서 대학원생들까지 다양한 층으로 모여, 대충 일주일에 한 번 정도 모임을 가졌다. 보통 일고여덟 명쯤이었다. 네댓 명이 모일 때도 있었다. 그들과 이야기하면서 읽은 책들은 『세계사 교정』 『조선사 교정』으로, 이름밖에 몰랐던 백남운, 전석담 같은 사회과학자들의 책이었다. 신응식은 이 모임에 심취해서 그들이 읽었는데 자신은 읽지 못한 책이 있으면 청계천을 뒤져 책을 구입하려 기를 썼고 마침내 읽어 토론에 합세했다. 바로 이곳에서 그는 난생처음 영문으로 된 『공산당 선언』을 보았다. 그는 의미도 제대로 이해하지 못한 채, 영문 「공산당 선언」을 외우겠다고 한껏 설쳐댔다.

그가 책들을 구하기 위해 뒤지는 고서점 거리는 청계천의 맨 끝부분에 있었다. 흔히 청계천이라고 부르는 곳은 1가에서 6가까지였다. 하나같이 판자로 지은 술집이 줄지어 선 청계천을 그땐 '나이아가라'라고도 불렀다. 2층으로 된 술집에 올라가 술을 마시다가 오줌이 마려우면 바지춤을 헤집고 청계천 개울을 향해 오줌 줄기를 갈겼다. 개천으로 떨어져 내리는 수많은 오줌 줄기를 나이아가라폭포에 빗댄 것이었다.

여름이면 파리와 모기가 들끓고 오물이 함정 같던 그곳. 하지만 술집과 주정꾼만 있지 않았다. 팔소매에서 슬며시 쇠꼬챙이 손이 쑥 빠져나오면 누구도 그의 요구를 거부할 수 없는 상이용사들이 있었다. 목발을 짚고 절룩이거나 외눈이 박힌 상이군인들의, 한마디로 표현하기 어려운 눈빛들이 명멸했다. 먹을 것이 없거나 가족을 부양해야 하는 딸들, 심지어 어머니들도 몸을 팔기 위해 서성거렸다.

서울 거리의 이곳저곳엔 아직 폭격에 무너졌거나 불에 타서 허물어진 건물의 잔해가 드문드문했다. 그는 실력 없어 보이고 무성의하게 보이는 교수들이 기다리는 학교와 나이아가라와 매춘부와 헌책방과 상이군인과 행방불명된 '좋은 세상'과 『가난 이야기』 『철학 노트』와 『공산당 선언』과 해수병에 걸린 외할머니와 시계추처럼 단정한 판사 외삼촌 사이에서 늘 헛걸음질을 치고 둥둥 떠다녔다.

그는 소설가가 되고 싶었던 소년이었다. "네 애비를 닮지 마라"고 수없이 들으며 자랐었다. 투기와 사업과 첩살림과 노름과 빚보증 등으로 아무렇지 않게 가족에게 괴로움을 끼치는 듯 보였던 아버지가 정말 싫어서 '조용한 시골 학교에서 종을 치며 순박한 어린이를 가르치는 교사'가 되고 싶기도 했었다.

국어 선생님들의 칭찬은 늘 귓가에 쟁쟁했다. 글짓기라면 당연히 응식이었던 어린 날 그 자부심과 오만을 산지기 아들에게 빼앗긴 치욕의 경험이 있긴 했다. 응식과 겸상을 하지 않으면 밥상도 받지 않으려 하고, 장조림이나 굴비 같은 귀한 반찬을 손자의 입에 넣지 않고는 수저를 들지 않던 할아버지와 인삼 녹용을 달여주던 할머니의 집착에 갇히고 붙들린 응식도 있었다. 당신의 어머니까지도 보약 먹이기를 아까워하게 만들었던 아버지의 삶의 태도에 진저리 난 응식도 있었다. 그는 그런 응식과 이별하고 싶었다. 영문도 모르게 일어난 전쟁, 살육, 피란과 굶주림과 길섶의 주검들도 알게 모르게 폭력과 공포를 각인시켰다. 그런 것들로부터 어떻게든 살아남아야 하는 모든 약한 것들의 슬픔과 비굴함의 생명력이 그는 부끄러웠는지 몰랐다. 그래서 그는 단호히, 자신의 꿈을 통해 그 모든 경험들과 등지고 싶었는지도.

1955년, 고향을 떠나 서울로 온 지 한 해 만에 그는 자기 생의 새롭고도 익숙한 출구를 만들었다. 시인 신경림申庚林이 된 것이다. 문학 전문지《문학예술》을 통해 시를 추천받았다. 3회의 추천을 거쳐야 하는 그는 「낮달」「갈대」「석상」으로 과정을 마쳤다.

> 언제부턴가 갈대는 속으로
> 조용히 울고 있었다.
> 그런 어느 밤이었을 것이다. 갈대는
> 그의 온몸이 흔들리고 있는 것을 알았다.
>
> 바람도 달빛도 아닌 것.
> 갈대는 저를 흔드는 것이 제 조용한 울음인 것을
> 까맣게 몰랐다.
> —산다는 것은 속으로 이렇게

조용히 울고 있는 것이란 것을

그는 몰랐다.

— 「갈대」 전문

시인이 되었지만 그의 삶이 달라지진 않았다. 스물두 살
의 대학생 청년. 학교 생활은 너절하고 서울은 아직 바스
러지기 직전의 벌집이나 망가진 모형 같았다. 사방에서 바
람과 눈보라가 휘몰아치고 참을 수 없는 뜨거움과 역겨움
이 함께 들끓었다.

식민지로부터 해방에 이르는 동안 삶의 터전을 잃거나
옮기던 사람들, 전쟁으로 또 한바탕 북에서 남으로, 남에
서 북으로 뒤섞였다. 깡통을 든 어머니와 아이, 굶주림이
키운 용기와 파렴치들이 거리에 먼지처럼 공기처럼 흘렀
다. 살이 파이고 뼈가 휘게 등짐을 지거나 입발림으로 속
이거나 훔치거나 겁을 줘서 빼앗거나 다리를 벌리거나 폐
허의 틈에 웅크리거나…… 모두 살기 위해서였다.

산다는 것은 속으로 이렇게 조용히 울고 있는 것이란 것
을 그는 몰랐을까.

그는 살기 위해 시를 썼다.

쓸쓸히 살다가 그는 죽었다.

앞으로 시내가 흐르고 뒤에 산이 있는

조용한 언덕에 그는 묻혔다.

바람이 풀리는 어느 다스운 봄날

그 무덤 위에 흰 나무비가 섰다.

그가 보내던 쓸쓸한 표정으로 서서

바람을 맞고 있었다.

그러나 비는 아무것도 기억할 만한

옛날이 있는 것은 아니었다. 어언듯

거멓게 빛깔이 변해가는 제 가냘픈

얼굴이 슬펐다.

무언인가 들릴 듯도 하고 보일 듯도 한 것에

조용히 귀를 대이고 있었다.

—「墓碑」 전문

시인이 되어 몇 편의 서정시를 발표한 그는 그러나 생활은 안정되지 않았다. 충무로4가의 외가에서 더 이상 지낼 수가 없었다. 뜻밖에 외삼촌이 사망한 것이었다. 참척

의 슬픔에 사로잡힌 외할머니는 물론, 친정에 대한 긍지와
자부심으로 고달픔을 이겨내던 어머니의 절망도 말로 표
현할 수 없었다. 고향에서의 아버지는 늘 그렇듯 위태로운
선택들을 하고 있었다.

외가에서 나온 그는 마침 또한 외가에서 나온 유종호와
함께 하숙을 하기로 했다. 둘은 을지로4가의 전문 하숙집
에서 하숙을 하다가 종로3가 뒤편에서도 하숙을 했다. 그
러나 오래할 수 없었다. 하숙비에 용돈까지 오던 송금은 용
돈 없이 하숙비만으로 줄고 다시 하숙비도 두 달에 한 번꼴
로 불규칙해졌다. 유종호는 그룹 과외 자릴 얻어 나갔지만
그는 그런 자리를 얻지 못했다. 출판사의 일거리를 얻으러
다니고 번역물 하청도 받고 원고를 펑크 낸 필자를 대신해
글을 쓰기도 했다. 그러나 생활비는 어림도 없었다.

그는 하루는 이 집에서 먹고 다음 날은 저 집에서 자는
떠돌이 신세가 되었다. 오늘은 누구에게 밥을 얻어먹고 누
구를 따라가 잘까, 남의 집에서 눈을 뜨고도 제일 먼저 생
각하는 것이 이것뿐이었다.

길음동에서 학생을 가르치는 일자리를 얻었다. 일자리
라고 해도 먹고 잠만 자는 일자리였다. 그 집도 가난했다.

종암동 채석장에서 가져온 석판을 납작하게 가는 일을 하는 집이어서 온 집 안에 하얀 돌가루가 널려 있었다.

전차와 버스의 종점은 돈암동이었다. 신경림은 돈암동에서 내려 미아리고개를 넘어 길음동까지 줄창 걸어야 했다. 정릉 개울가에 이어진 벌판이었을 길음동은 비가 조금만 내려도 물이 잘 빠지지 않아 질척거리는, 마누라 없인 살아도 장화 없이는 살 수 없는, 미아리고개 너머의 가난한 사람들의 마을이었다.

1
창 밖에 눈이 쌓이는 것을 내어다보며 그는
귀엽고 신비롭다는 눈짓을 한다. 손을 흔든다.
어린 나무가 나무 이파리들을 흔들던 몸짓이 이러했다.

그는 모든 비밀을 알고 있는 것이다.
눈이 내리는 까닭을, 또 거기서 아름다운 속삭임들이 들리는 것을
그는 아는 것이다—충만해 있는 한 개의 정물이다.

2

얼마가 지나면 엄마라는 말을 배운다. 그것은 그가
엄마라는 말이 가지고 있는 비밀을 잃어버리는 것이다.
그러나 그는 모르고 있다.

꽃, 나무, 별,
이렇게 즐겁고 반가운 마음으로 말을 배워가면서 그는
그들이 가지고 있는 비밀을 하나하나 잃어버린다.

비밀을 전부 잃어버리는 날 그는 완전한 한 사람이 된다.

3

그리하여 이렇게 눈이 쌓이는 날이면 그는
어느 소녀의 생각에 괴로워도 하리라.

냇가를 거닐면서
스스로를 향한 향수에 울고 있으리라.

—「幼兒」 전문

그는 긴긴 방학의 초입에 더는 서울에 남아 있지 못하고 떠났다. 고향으로. 그러나 이미 고향은 아니었다. 아버지의 투기는 모두 실패했고 할머니의 틀국수 장사도 할아버지의 농토도 한 뼘 남아 있지 않아, 그저 생존이 '거지' 같았다. 할머니와 어머니, 그리고 동생들. 그는 돈이 되지 않는 시를 쓰는 시인일 뿐이었다.

그해 여름, 시인 신경림이 가난하고 망가진 집안의 맏아들 신응식으로 돌아오는 덴 무슨 결의나 성찰도 필요 없었다.

생은 죽음의 갈피들 사이에서 감지되었고, 삶은 절박하고 초조한 하루살이였다.

4부
신경림이 되다

방학이라고 가족이 사는 집으로 왔지만 집은
이미 보금자리가 아니었다. 보금자리가 아니어서 그의 맘
은 좀체 집에 붙지를 못했다. 그러나 등록금 없는 빈털터
리로 다시 서울에 가서 대학생이 될 수는 없었다. 서울은
두렵고도 그리운 곳이었지만 돌아갈 수는 없었다. 우선 하
루라도 빨리 돈이 되는 일자리를 얻어 가족을 부양해야 했
다. 이 모든 결과가 아버지 탓이라고 생각됐다. 아버지의
여러 가지 투기와 모험들은 결과적으로 무모했고 게다가
남의 빚보증까지 서서 가산을 날리는 건 물론 지금은 빈털
터리에 실업자 신세였다. 한때는 첩을 사랑방에 두고 행복
해하던 아버지. 집안 어른들의 냉대와 불평하지 않는 아내
의 자존심을 은근슬쩍 피해서 아버지는 바로 집 앞 텃밭에

그림 같은 집을 지어 첩살림을 나지 않았던가. 이즈음도 어머니는 언제나 그랬듯 지아비를 비난하거나 불평하지 않음으로써 냉혹하게 자존심을 유지하고 있었다.

하지만 지금 아버지는 그때보다 더 나빴다. 없는 살림에 외상술을 먹고 주정을 했다. 그것이 자신의 부끄러움을 감추려는 가장의 헛헛하고 슬픈 자존심이라는 건 짐작도 할 수 없었다. 아들은 대학생이라지만 그는 좌절한 청춘을 견디며 사는 중이었다. 이제 맏아들로서 가족을 책임지길 바라는 무언의 눈초리들이 그에겐 오뉴월 땡볕보다 더 따갑고 알몸보다 더 적나라해서 한시도 맘이 편하지 않았다. "네 아비를 닮지 말라"는 집안 어른들의 훈계는, 가난할 땐 가시면류관이었다.

바라만 보아도 든든하고 씩씩하게 돌아가던 할머니의 틀국수 가게는 도대체 어디로 갔을까. 심장박동처럼 들리던 기계 소리가 들리지 않는 가게는 꿈자리처럼 텅 빈 지 오래였다.

그에게 행복했던 시절이 있기나 했을까. 할아버지와 겸상하고 늦도록 사내아이가 태어나지 않던 문중에서 장손처럼 귀하게 대접받던, 그런 시절이 있기나 했던가?

그는 여전히 장남에 가장이어야 했으므로 처음엔 돈이 되는 일을 이것저것 기웃거려 한두 가지 해보았지만 맘은 정처를 놓치기 일쑤였고 돈벌이도 시답잖았다. 그 당시 전국에서 두 번짼가? 그렇게 작았던 행정 단위 충주의 셋집에는 자그마치 삼대가 모여 살았다.

하루하루 포도청 같은 목구멍을 확인하는 건 절망이나 좌절, 혹은 분노나 슬픔으로도 표현되지 않았다. 사범학교를 다녔던 그에겐 교사로 일하는 동기들이 꽤 되었다. 그들을 찾아다니며 술을 얻어 마시고 불안정하고 불공평한 사회를 한탄하는 건 수다에 지나지 않았다. 하지만 그런 안주라도 있어야 존재가 살아남았다. 그는 일자리보다도 절박하게 인간성이나 정의 따위를 가깝게 느끼는 청춘이었다. 교사 동무들은 그의 다른 경험을 간접경험 하길 즐겼다. 그는 서울에서 겪은 것, 본 것, 들은 것들을 의도하진 않았지만 문학적으로 가공해서 이야기하곤 했다. 그는 시인이었고 다방면으로 유식한 대학생이어야 했다.

그때도 시인은 특별했다. 그는 거나하게 오른 술기운에 푹 빠져서 시국을 이야기했다. 이를테면, 우리 민족은 진정으로 해방되었는가, 로 시작해서 해방 정국의 평가, 육

이오와 이승만 정권의 정체성에 대해 중구난방으로 이야
기하고 진보당의 조봉암은 희망인가 따위의 정치 판국을
이리저리 건드리는 근지러운 이야기들이었다. 그 당시 충
주 언저리에서 문자 속이라도 익힌 젊은이들은 그런 이야
기를 흥미로워했다. 서울에 가본 적이 없는 촌사람들에게
그는 청계천의 판잣집과 사철 내내 썩은 내가 진동하는 술
집들과 펨프와 창녀들과 주정뱅이와 거지들과 상이군인들
과 미군과 구호물자와 부자들에서 폐병쟁이까지⋯⋯ 영화
처럼 이야기했다.

그의 이야기는 소설보다 더 흥미롭고 논객의 분석보다
더 신랄했다. 그가 대폿잔을 기울이며 쓰는 소설은 그의
희망과 분노와 좌절과 열등감에 얹혀서 부풀거나 엉뚱하
거나 극사실적이기도 했다. 그가 어떻게 돈암동 전차 종점
에 내려 미아리고개를 걸어 넘어 하숙집으로 돌아갔는지,
그 가난한 미아리고개 너머 동네엔 새벽 한 시가 되도록
통행금지도 없이 주정뱅이들이 어정거린다는 풍경도 함께
전해주면 시골 동무들은 숙연해지거나 또는 자신에게 자
리 잡힌 행복감 혹은 안정감에 안도하는 듯했다.

빈털터리 그에게 술은 안식을 주는 일용할 양식이었는

데, 이런 이야기들로 그는 술값을 대신했다. 그에게 이런 이야기를 할 수 있게 마음의 밑천을 마련해준 것은 어쩌면 어린 시절 난생처음 가본 서울의 충무로 외가였을지 모른다. 그에게 "좋은 세상이 오면"이라고 말하며 《별나라》라는 어린이 잡지를 주었던, 그러나 전쟁 중에 혈육의 가슴에 대못을 박고 행방불명된 어머니의 외사촌. 그 사람이 슬쩍 흘려준 아우라가 잊히지 않았을까? 현실엔 없는 꿈은 아무렇게 기억해도 괜찮았을까?

그러나 그가 술자리에서 입으로 마구 써댄 소설처럼 일상은 늘 허방이었다. 이럴 때 그를 진정으로 구해준 사람은 대학생도, 문인도 아닌 막노동꾼 동창생이었다. 사는 형편이 서로 달라 일부러 멀리하지 않아도 잘 만나게 되지 않던 동무였다. 신응식은 중학생이 되면서부터 읍내로 나가 하숙을 해서 주말이나 방학에만 고향으로 돌아왔다. 그럴 때 어쩌다 마주쳤던 그 가난한 동무는 책가방 대신 지게목발을 지고 있었다. 그리고 세월이 흐른 뒤, 등록금을 마련하지 못해 억지 휴학생이 된 시인 신경림과 달리 그는 사회의 나이배기가 되어 제 밥벌이는 물론 주색잡기에 일찌감치 도가 터 있었다. 신경림은 그와 쉽사리 어울리게 되었다. 그의 부모님은 아들의 그런 교우를 좋아하지 않았다. 그를 따라 술을 마시고 그가 하는 일을 해보려고 기웃거리기도 했다. 그럼 그 동무는 "너는 이러면 안 돼" 하고 진정으로 말렸다. 하지만 신경림은 그에게 의지했다. 그의 삶의 현장으로 함께 떠돌기 시작했다. 첫 번째 일이 수리조합 공사 현장의 막노동이었다.

산 둔덕을 폭파해서 돌과 흙을 파내고 수레에 가득 실어다 개울을 메우는 일이었다. 그 일은 노동에 단련되지 않은 신경림의 체력엔 애당초 부치는 일이었다. 힘에 부쳐 허덕이는 신경림을 위해 동무는 관리자를 회유하고 협박도 했다. 신경림이 어떤 사람인지, 앞으로 어떻게 될 사람인지 과장해서, 과장되게 떠벌렸다. 신경림으로 말하자면 대학생에다가 시인으로…… 등등. 어쩌면 서울대학교 공과대학을 다니는 신경림의 동생까지 들먹여 신분을 격상시켰을지 몰랐다.

결국 동무의 순진하고 우직한 우정으로 그는 편안한 일을 얻었다. 더 이상 수레를 끌지 않고 의자에 앉아서 노동자들이 나르는 수레 개수를 공책에 작대기로 표시하는 일을 맡았다. 하지만 그 일이 신경림의 마음까지 편하게 해주진 못했다. 그에겐 갖은 노력으로 쉬운 일을 하게 하고 자신은 여전히 무거운 수레를 끄는 동무를 바라보는 일도 마음을 지치게 했고 자격지심이 쌓이게 했다.

하루하루 그의 몸도 마음도 지쳐갔다. 해가 긴 여름철에도 남 먼저 서둘러 어둠이 내리는 산골 공사판. 노동자들은 서둘러 술판을 벌였다. 하루 몸 팔아 번 임금, 그 전표를 삼 할의 선이자를 뗀 가격으로 술집에 팔아넘겨 만취를 학수고대하는 노동자들의 삶은 절망과 분노를 넘어 슬픔과 두려움으로 그를 멍석말이했다. 취한 눈으로 밤하늘을 쳐다보면 우주의 정액 같은 은하수 한편으로 하늘에 빗금을 긋는 별똥별. 자연은 청순했지만 그는 토악질 나는 숙취와 숙취 사이로 하루하루를 살았다. 그 사이사이로 거짓말같이 불현듯 시가 배어 나오다 저절로 지우는 느낌을 감각하긴 했다. 그래서 그는 시를 쓰지 못했다. 시를 쓰고 싶지도 않았다. 삼 할의 선이자를 떼고 마신 술과 아파도 아프지 못하는 육신들과 절망 속에서 시는 마치 해산이 아득한 태아胎兒일지 몰랐다. 그의 시들은 수정체로 굳어 그의 내면 어딘가로 깊이 가라앉았을까.

왜 우리는 이렇게 일하고도 밥 한 끼 제대로 못 먹고, 사방 벽쳐서 하늘 가린 지붕 밑 방에서 잠잘 수 없는가. 왜 노동을 하고도 자기 삶의 주인이지 못한가. 사람 사는 세상에 반드시 필요한 둑을 쌓고 철광을 캐지 않는다면 누가 이것을 할 것인가. 그는 가난하지만 그들보다 더 쉽사리 홀가분하게 손 털고 떠날 수 있는 '신분'인 자신의 처지가 부끄러울 때도 있었다.

1959년 8월의 며칠이 지나서였다. 그는 뒤늦은 소식 하나를 들었다.

들고 나는 막노동자가 많은 광산에서였다. 누가 그에게 서울 소식을 들려줬다. 조봉암이 처형당했다는 것이었다. 지난달 7월 31일, 간첩죄를 쓰고 사형이 선고된 지 열여덟 시간 만에 서대문형무소에서 집행된 사건이라고 했다. 이 소식이 산골짜기 철광까지 오는 데 사나흘이 걸린 것이었다.

"공산당의 독재는 물론 관권을 바탕으로 한 독점 자본주의적 부패 분자의 독재도 어디까지나 반대한다"던 정치가. 그가 존재의 존엄과 공동체의 정의를 갈피 잡지 못해 방황하던 스무 살쯤, 이른 아침 문을 열지 않은 대학 도서관 앞에 하염없이 앉아 있던 그에게 독서회를 주선해준 이들 중에도 사형수와 같은 생각을 하던 청년이 있었다. 그가 서울을 떠날 때 그들 중 한둘이 검거되었다는 소문이 돌았었다. 그래서 그런 종류의 두려움이 낯선 건 아니었을지 몰랐다. 그래도 그는 공포와 절망감과 슬픔 때문에 견딜 수가 없었다.

젊은 여자가 혼자서
상여 뒤를 따르며 운다
만장도 요령도 없는 장렬
연기가 깔린 저녁길에
도깨비 같은 그림자들
문과 창이 없는 거리
바람은 나뭇잎을 날리고
사람들은 가로수와
전봇대 뒤에 숨어서 본다
아무도 죽은 이의
이름을 모른다 달도
뜨지 않은 어두운 그날

— 「그날」 전문

시를 쓰지 못하던 신경림. 그는 그날 시를 썼다. 시가 저절로 해산解産됐다. 그리고 그는 술을 마셨다. 술을 마시고 취하지 않고는 견딜 수 없었다. 취하지 않고는 숨을 쉴 수 없을 때, 술이 있어서 다행이었다. 취하면 그의 입에서 헛소리같이 '말'이 흘러내렸다. 불공평한 세상, 사람이 멸시받는 세상, 아무리 일해도 끼니를 에우기 어려운 사람을 둬야 하는 세상, 염치없고 인정머리 없는 위정자들……. 욕하고 또 욕했다. 키 작고 몸피 얇은 그가 술기운에 얹혀, 사람 사는 세상, 인권의 존중과 존엄, 사회주의, 자본주의……라고 울음 섞인 말을 해도 순진하고 순박하고 자기비하가 천성처럼 버릇 들여진 노동자들은 그를 무시하거나 멸시하지 않았다.

그는 철광에서 떠났다. 그는 자신을 이곳으로 안내해준 동무로부터 그가 알고 지내는 장돌뱅이를 소개받았다. 장돌뱅이들을 따라다니며 그가 가보지 못한 세상, 그가 만나지 못한 사람들의 삶을 보고 만날 것 같은 기대도 있었다. 때때로 물건을 떼어 팔아보기도 했지만 단 한 번도 이문을 남긴 장사는 못 했다.

그래서 어떤 날은 여관비가 없었고 어떤 날은 입에 풀칠이 어렵기도 했다. 이런 그가 산골 마을로 양귀비액을 수집하러 다니는 위험한 장사치들을 만났다. 그들에게 그는 길 안내를 해주기로 했다. 미군 부대를 따라서 가본 적이 있는 홍천, 돈을 벌어보려 여기저기 돌아다녀 본 횡성과 영월 등지였다.

이맘때 강원도의 산골에서는 집집마다 양귀비를 조금씩 길렀다. 씨방을 맺은 양귀비를 도려 하얀 진액을 받아 고약을 만드는 것이었다. 약방과 병원이 까마득한 산골 사람들에겐 양귀비 고약이 만병통치약으로 쓰였다.

눈을 들어 바라보면 첩첩이 가로지른 산, 그 골짜기에 과연 사람이 살까, 상상도 어려운 골짜기를 찾아가면 땅 위의 짐승이 지은 우리 같은 너와집, 귀틀집들이 비탈에 앉아 있었다. 산등성이 관목 숲을 불 질러 잔돌을 고르고 감자나 옥수수, 수수와 조를 심어 겨우 산목숨을 부지하는 화전민들. 지게 달랑 지고 진종일 걸어 다녀도 길 비켜줄 사람 하나 만나지 못하는 토끼길에 눈이 내리면 천지사방이 눈밭이었다. 겨우 지붕만 빼꼼하게 남은 너와집, 낮은 토방을 덮고 문짝까지 여닫기 어렵게 쌓인 눈에 갇히면 한동안 오도 가도 못했다. 한 끼 밥보다 살찐 이와 하얗게 슨 서캐가 더 많은 산골 사람들의 겨우살이. 장거리로 나오면 아편 장사들은 그저 장사꾼이 되고 그는 쓸쓸하고 갈피 잡지 못한 빈털터리이기 일쑤였다. 잎담배를 말아 피고 술잔이라도 기울일 행운의 쥐꼬리라도 남았으면 그날은 그럭저럭 쪼그려 새우잠을 잘 수 있었다.

아편을 사러 밤길을 걷는다
진눈깨비 치는 백리 산길
낮이면 주막 뒷방에 숨어 잠을 자다
지치면 아낙을 불러 육백을 친다
억울하고 어리석게 죽은
빛바랜 주인의 사진 아래서
음탕한 농지거리로 아낙을 웃기면
바람은 뒷산 나뭇가지에 와 엉겨
굶어죽은 소년들의 원귀처럼 우는데
이제 남은 것은 힘없는 두 주먹뿐
수제빗국 한 사발로 배를 채울 때

아낙은 신세타령을 늘어놓고

우리는 미친놈처럼 자꾸 웃음이 나온다

─ 「눈길」 전문

떠돌이 생활 한두 해, 그는 다시 충주로 돌아왔다. 사
범학교 동창생들이 자리 잡은 학교에서 과외를 할 수 있
는 학생들을 붙여주었다. 그는 영어 과외 교사가 되었다.
1960년대 초였다. 학원 강사도 하고 개인 교사도 했다. 하
우스보이로 귀동냥한 영어에 동국대학교 영문과 학생이었
던 그는 그 일밖에 달리 할 것이 없었다. 하지만 여전히 그
가 하는 일은 시답지 않아 집안의 맏아들로 책임을 다할
수 없었다. 그는 밥보다 술이 더 좋았고, 시인이면서 시를
쓰지 못한 채 '뜬구름 같은 먼 희망'을 이야기했다. 과연 있
기나 한 희망인지, 그는 반추하기도 싫었다.

하지만 입으로 희망을 말하긴 쉬웠다. 이승만 독재정권
이 몰락했기 때문이었다. 이기붕 일가는 처참하게 몰살됐
고 학생들은 민족자주통일을 외쳤다. 술 취한 신경림도 충
주의 술집에서 외쳤다. 자본의 탐욕, 지긋지긋한 식민지
따위. 어쩌면 소설 쓰듯 말한 그것들을 그는 술이 깨면 기

억하지 못했을지 몰랐다. 청춘의 넋두리 같은 것. 피어나지 못하는 꽃들의 투정 같은 것. 모두 가난한 청춘의 노래인 건 맞았다.

그는 국민이 주권을 가진 나라가 오래 계속되리라고 생각했을까? 무한대의 자유를 감지했을까? 술이 취하면 그는 그가 어린 시절 잠깐 배웠던 노래들을 기억하고 불렀다. 장백산 줄기줄기 피 어린 자욱 압록강 굽이굽이 피 어린 자욱……. 어떤 날은 북한이 우리보다 잘산다는 말도 했다.

민족의 자주통일에 대해 그리움을 담아 술상 두드리며 불렀던 그 노래가, 그가 듣거나 읽은 바대로 말한 것들이 그도 모르는 사이 막걸리 대접을 떠나 술집 문을 벗어나 충주경찰서의 보안과 형사에게 일거리를 만들어줬다. 그는 교도소에 수감되었다. '막걸리 반공법'에 걸린 것이었다. 신경림 말고도 막걸리 반공법에 걸려서 팔자에 없는 징역을 살게 된 서민들은 꽤 되었다. 그들은 대학물 먹은 시인이라는 신경림을 반가워했다. 그 속에서 그는 뜻밖에도 공부를 많이 한 사람을 만났다. 그를 통해 신경림은 어떤 책을 읽어야 하는지 듣게 됐다. 출감한 이후 그는 그 책

들을 구해서 읽었다. 그리고 그는 자신을 시인으로 만들어
준 「갈대」 같은 서정시는 다신 쓰지 않겠다고 결심했다. 시
는 살아 있는 개인의 삶으로부터, 그 삶의 토대인 가정과
사회와 역사 속에서 우러나와야 한다고 생각했다. 만약 다
시 시를 쓴다면……

"우리의 슬픔을 아는 것은 우리뿐"이거나 "우리의 괴로
움을 아는 것은 우리뿐"(「겨울밤」 중에서)이지만 아직 시는
쓰이지 않았다.

소설을 쓸까 생각한 적도 있었다. 그가 세상이나 사람들
과 소통하고 싶은 이야기는 시보다 소설이 더 구체적일 것
같았다. 그러나 그는 소설도 시도 쓸 수 없었다. 자고 나면
그의 감성이 닿는 모든 곳에 뿌연 운무처럼 시와 소설이 어
른대다가 결국 양귀비 씨앗보다 더 작게 뭉쳐져 그의 가슴
어딘가로 숨어버리곤 했다. 더군다나 소설은 진득이 엉덩
이를 붙이고 있어야 하는 노동이건만 지금 그에겐 그럴 시
간도 맘의 여유도 없었다. 하루하루 과외 수업과 학원 강의
를 하면서 돈을 벌면, 정신을 풍요롭게 하지 못하는 노동의
피로를 해결해야 했다. 그러기엔 술이 그만이었다.

이맘때 그의 손아래 동생이 결혼을 하게 됐다. 좋은 학

벌로 안정적인 직장에 다녀 장남 구실을 하던 동생에게 그는 늘 모자란 형님이었다.

동생으로 개혼開婚을 할 순 없다는 집안 어른들의 주장으로 신경림은 서둘러 선을 보고 결혼을 했다. 1964년의 일이었다. 책임지지 못한 맏아들의 처지에 가장이란 책임이, 순식간에 겹으로 얹혔다. 새로운 두려움과 또 다른 불안감이 떠나지 않는 무거운 나날들이 시작되었다. 셋방에서 자신을 기다리며 희망의 미래를 점쳐보는 아내라는 새로운 가족의 눈길을 감당하는 일은 견딜 수 없는 수치심을 불러일으키다가, 필사적으로 벗어나고 싶은 족쇄였다가, 행복감이다가…… 그랬을까.

이즈음 문득문득 서울이 그리워졌다. 손바닥만 한 충주를 벗어나고 싶은 강렬한 충동에 사로잡히곤 했다.

이런 어느 날이었다. 길에서 우연히 시인 김관식을 만났다. 반가움에 두 사람은 술집에 들어가 많은 이야기를 했다. 오래도록 시를 쓰지 못하는 마음도 이야기했다. 서정시는 쓰고 싶지 않다는 심정도 말했다. 김관식은 서울 가서 새로운 시를 쓰라고 조언하고 충고했다. 방과 쌀과 연탄과 김치를 주겠다고, 넘치는 우정을 베푼 김관식의 배려는 신경림의 답답증과 울화증에 불씨를 지폈다.

1964년 초겨울, 그는 아내와 함께 서울로 왔다. 홍은동 산동네, 수돗물도 나오지 않는 가난한 동네, 여태 살던 김관식은 방을 빼 신경림에게 주고 그는 다른 곳으로 이사 간 뒤였다. 아내의 태중엔 자식이 들어 있었다. 그는 머지않아 아비가 될 처지였다.

그해 겨울, 그는 〈한국일보〉에 시 한 편을 발표했다.

우리는 협동조합 방앗간 뒷방에 모여

묵내기 화투를 치고

내일은 장날. 장꾼들은 왁자지껄

주막집 뜰에서 눈을 턴다.

들과 산은 온통 새하얗구나. 눈은

펑펑 쏟아지는데

쌀값 비료값 얘기가 나오고.

선생이 된 면장 딸 얘기가 나오고

서울로 식모살이 간 분이는

아기를 뱄다더라. 어떡헐거나.

술에라도 취해볼거나. 술집 색시

싸구려 분 냄새라도 맡아볼거나.

우리의 슬픔을 아는 것은 우리뿐.

올해에는 닭이라도 쳐볼거나.

겨울밤은 길어 묵을 먹고.

술을 마시고 물세 시비를 하고

색시 젓갈 장단에 유행가를 부르고

이발소집 신랑을 다루러

보리밭을 질러가면 세상은 온통

하얗구나. 눈이여 쌓여

지붕을 덮어다오 우리를 파묻어다오.

오종대 뒤에 치마를 둘러쓰고

숨은 저 계집애들한테

연애편지라도 띄워볼거나. 우리의

괴로움을 아는 것은 우리뿐.

올해에는 돼지라도 먹여볼거나.

— 「겨울밤」 전문

이듬해 아들이 태어났다. 아비처럼 되지 말라던 아들이
커서 또 아들의 아버지가 되었다. 하지만 그는 아버지가 되어서 좋았다. 늘어난 책임감이 무겁지도 않았다. 성실하게 돈을 벌어 아내와 아들을 먹여 살림으로써 닮지 않으려던 아버지와 유전적 이별을 해야 했다. 그럴 수 있을 것 같았다.

그는 밤낮으로 일을 했다. 번역도 했다. 마음에 갇혀 있던 시의 씨앗들, 메모지에서 종이 냄새를 품고 잠자던 시들, 심장에 붙은 시심詩心들이 다투어 터져 나왔다. 아름답던 유년의 추억, 우쭐했던 어린 시절, 할머니와 아버지, 목계 나루터의 무지개 같던 꿈과 희망, 전쟁과 처형된 애국자와 혁명과 쿠데타와 수리조합 공사판과 철광의 갱도, 전표로 마시던 독주와 유행가, 닷새장의 싸전, 우전, 떡전과 주막들, 강원도 산골짜기의 눈 덮인 너와집, 그리고 충주 교도소와 막걸리 반공법…… 이런 체험과 기억을 품은 시의 씨앗들은 아직 싱싱했고 한겨울을 견뎌 더 단단했으며 우렁차게 껍질을 젖히고 푸른 싹을 내밀었다. 다니다 만 대학을 졸업하기도 했다. 아이가 더 생겨 네 식구가 되었다. 당신의 아들을 미워하고 손자를 좋아하던 할머니가 올라와 증손자들을 돌봐주었다.

해가 지기 전에 산 일번지에는
바람이 찾아온다.
집집마다 지붕으로 덮은 루핑을 날리고
문을 바른 신문지를 찢고
불행한 사람들의 얼굴에
돌모래를 끼어얹는다.
해가 지면 산 일번지에는
청솔가지 타는 연기가 깔린다.
나라의 은혜를 입지 못한 사내들은
서로 속이고 목을 조르고 마침내는
칼을 들고 피를 흘리는데
정거장을 향해 비탈길을 굴러가는
가난이 싫어진 아낙네의 치맛자락에
연기가 불어 흐늘댄다.
어둠이 내리기 전에 산 일번지에는
통곡이 온다. 모두 함께
죽어버리자고 복어알을 구해온
어버이는 술이 취해 뉘우치고
애비 없는 애기를 밴 처녀는

산벼랑을 찾아가 몸을 던진다.

그리하여 산 일번지에 밤이 오면

대밋벌을 거쳐 온 강바람은

뒷산에 와 부딪쳐

모든 사람들의 울음이 되어 쏟아진다.

—「山 1番地」 전문

1970년, 죽기 살기로 일을 한 그는 마침내 '내 집'을 짓
게 되었다. 서울에는 지을 수 없어도 가까운 변두리 안양
이어서 가능했다. 서른 평의 땅 위에 열다섯 평의 집을 지
었다. 충주에서 가족들이 올라왔다. 이미 중풍으로 쓰러졌
던 아버지, 대소변을 받아낼 정도는 아니었어도 말은 어눌
하고 거동은 거북했다. 게다가 치매 초기의 할머니와 어머
니와 동생들도 함께 살았다. 비로소 가장인 것이었다. 그러
나 가난하기 그지없었다. 시를 발표해도 돈이 되지 않고 출
판사 월급은 박했다. 아무리 일해도 병든 아버지를 치료할
수 없고 막냇동생을 학교에 보낼 수 없었던 그. 그러나 술
은 마셔야 하고 그래야 견딜 수 있었던 그. 서른다섯 살의
그는 한낮에도 몸이 시렸다.

못난 놈들은 서로 얼굴만 봐도 흥겹다

이발소 앞에 서서 참외를 깎고

목로에 앉아 막걸리를 들이켜면

모두들 한결같이 친구 같은 얼굴들

호남의 가뭄 애기 조합빚 애기

약장사 기타소리에 발장단을 치다 보면

왜 이렇게 자꾸만 서울이 그리워지나

어디를 들어가 섰다라도 벌일까

주머니를 털어 색싯집에라도 갈까

학교 마당에들 모여 소주에 오징어를 찢다

어느새 긴 여름해도 저물어

고무신 한 켤레 또는 조기 한 마리 들고

달이 환한 마찻길을 절뚝이는 파장

　　　　　　　　　　　　　　　　　　　 —「罷場」전문

　1973년, 그는 그동안 발표한 시들을 모아 시집을 만들었
다. 책을 펴내주는 곳이 마땅치 않아 자신의 돈으로 오백
권을 소위 '자비출판' 했다.

제목은 '농무農舞'였다. 아내도 시집을 기다렸다. 남편의
시가 한군데 묶여 나온다고 한껏 좋아했다. 그러나 그가
책을 꾸려내느라 분주한 때 셋째를 낳은 아내가 발병했다.
처음엔 소화가 잘 되지 않는 것이려니, 생각했다. 가난한
시인의 아내가 되어 삼대가 모여 사는 시집살이가 결코,
절대로 쉽지 않았을 것이다. 중풍 걸려 거동이 불편한 시
아버지, 시할머니에 시어머니, 시동생과 시누이에 갓 낳은
아이까지 자식만 셋이었다. 그래도 그는 아내가 병을 털지
못하리란 상상은 털끝만큼도 하지 못했다. 가난하고 힘들
어도 새파랗게 젊은 몸뚱이가 재산이지 않던가.

　하지만 아내는 기다리고 고대하던 남편의 첫 시집을 못
보고 세상을 떠났다. 아내를 잃고 팔리지 않는 시집을 얻
은 신경림에게, 그의 돈벌이에 의지하는 식구는 여전히 많
았다. 당신의 아들보다 손자를 더 좋아하던 할머니, 틀국수
가게를 내고 열심히 일하던 그 씩씩한 할머니는 손자며느
리를 잃고 치매 증세가 더욱 심해졌다. 중풍 걸린 아버지에
치매 걸린 할머니, 어미를 잃은 어린 삼 남매에 찢어지는
가난⋯⋯.

　하지만 이듬해 그는 시집 『농무』로 제1회 만해문학상을

수상했다. 시는 불행을 먹고 사나?

할머니가 1977년 세상을 떴다. 채 이 년도 되지 않아 아버지도 자신을 너무도 사랑해서 미워했던 당신의 어머니 곁으로 갔다. 병원에도 한번 모시지 못한 아버지. 그땐 아버지를 병원으로 모셔 갈 생각은 하지도 못했다. 돈이 없으면 인정도 마르는 걸까. 게다가 그는 여전히 '닮고 싶지 않고 닮아서도 안 되는 아버지'에게 너무도 무심했다.

죽음으로 이별하고도 슬픔을 몰랐다. 그의 앞에 놓인 쓰라리고 고달픈 인생살이가 너무도 울울창창해서…… 그랬을 것이다.

몇 년 사이에 육친 둘과 이별하고, 그래서 칠 년 동안 가장 가까운 사람들과 모두 죽음으로 갈라서야 했던 안양 집은 동네에서 '흉가'로 불렸다. 그런 험한 구설이 더 퍼지고 커지기 전에 이미 그의 마음이 그 집으로부터 넌더리가 났다. 어린 손자 삼 남매와 아직 품 안의 자식 같은 시인 아들을 둔 어머니의 맘도 그랬으리라. 그는 처음으로 지은 집을 팔았다. 그러나 넓은 서울은 구석구석 알지도 못했고 성문 안쪽은 권문세가나 부자들이 사는 곳이었다. 그는 아내와 희망을 넘보며 얻어 들었던 바람 많은 홍은동과는 반

대편으로 가보았다. 한 많은 미아리고개를 넘으면 가난한 사람들이 많았다. 삼각산이 녹아내려 굳은 듯 펼쳐진 동네. 관목 숲이나 질척이는 개천가에 사람 냄새 맡으며 어깨 붙이고 사는 타향살이 패거리들이 아무렇게나 모여 사는 곳. 어름어름 더듬어 막노동에, 허술한 직장에, 자리 잡지 못한 공장에, 먼지 많은 동대문이나 청계천 장마당 위층에서 재봉틀 돌리다가 곱은 손으로 자반 토막이나 됫박 쌀을 사 들고 들어오는 동네, 그는 이런 곳에 맘이 놓였을까.

서울시 성북구 길음동 시장 어귀. 안양 집을 팔아 이곳으로 옮겨 앉았다. 낮은 추녀를 맞대고 들어선 집들 중의 하나를 샀다. 그가 서울에서 마련한 두 번째 집이었다. 어른 셋을 잃고 어머니와 동생과 자식 셋이 한 둥지에서 살아도 아파트라면 방 네 칸은 있어야 해서 아무래도 구식 주택이 사는 데 나았다.

거처를 옮겨도 가난은 그대로였다. 허방을 딛고 넘어져 까진 생채기의 쓰라림 같은 가난한 삶. 한낮에도 시리기만 한 등허리는 해가 지면 더 못 견디게 시려서 그는 여기저기 더운 술자리를 찾아 곁불 쬐듯 얻어 마시고 또 무작정

취했다. 늦은 밤길, 술 취해 통금에 걸려 돌아오지 못하거나 혹은 휘청거리며 돌아오는 아들을 기다리는 사람은 언제나 어머니. 일곱 살, 네 살, 두 살의 손주들을 받아 기르며 마흔 넘은 아들의 짐을 덜고 슬픔을 덮어주려 했을 그 어머니. 사내자식이란 나이가 들어도 상처해서 혼자되면 품 안의 자식으로 되돌아오는 걸까. 어머니는 밤이 깊을수록 귀를 열어 골목에서 들려오는 터벅거리는 발걸음에서 아들의 것을 가려 듣고 청국장 뚝배기를 연탄불에 얹었다.

밥은 마주 보고 먹어야 맛이 나는 법. 어머니도 오밤중, 신새벽이 되도록 저녁을 먹지 않았다.

가난한 사람은 몸이 한밑천인 거. 하늘이 땅이 된다 해도 변하지 않을 거. 어머니는 입 밖으로 말을 내지 않았지만 아들인들 그 소리 없는 말을 못 들었으랴.

통행금지에 걸릴세라 겨우 고개를 넘어 길음시장 길로 들어서면 아직 간판도 없는 술집은 불을 켜고 막노동자 같은 사람 몇이 안주 없는 소주나 막걸리를 마시며 한 말 또 하고 하지 않을 말을 마구 했다. 그도 정신이 퍼렇게 서서 좀체 가라앉지 않는 밤이면 아무리 뒤져도 지전 한 장 없는 주머니에 손을 넣고 술집 문을 밀었다.

5부
가난한 사랑노래

｜　　　　　낡은 집은 툭하면 손을 내미는 무능력한 가
장처럼 비루했다. 여름이 되면 비가 새고 겨울이면 외풍이
심해 방에서도 그릇의 물이 얼었다. 그는 시장을 벗어나
서경대학교 언덕길의 단독주택으로 집을 옮겼다. 그 일대
의 주택가를 동방주택이라 불렀다. 이른바 동방주택 시대
가 시작된 것이었다. 대학 시절 겨우 잠자리나 얻자고 들
었던 길음동의 하숙집 시절에 비하면 정류장도 생긴 곳이
지만 그의 가난은 대학생이던 그때와는 비교할 수도 없이
더 절실하고 막중해졌을 뿐이었다.

　그래도 길음동이나 정릉 입구의 버스 정류장에서 내리
면 발길은 언제나 참새 같아서 간판 없는 술집을 그저 지
나치지 못했다. 한 잔만 더, 딱 한 잔만. 그는 그런 간절한

맘으로 간판 없는 술집으로 들어섰다. 주머니는 늘 차가워서 외상술 한 잔을 말하기에도 입이 부끄러울 지경이었다. 그래도 그는 외상술을 마시지 않을 수 없었다.

어느 날은 외상값을 갚으며 한 눈금쯤 남은 맨정신을 기어이 거기에서 놓아버리고 휘청휘청 언덕길을 걸어 올라서 동방주택으로 가곤 했다.

술집 주인은 중늙은이로 보이는 여자였다. 어느 날부턴가 늦은 밤이면 딸이 나와 어머니를 거들다가 함께 문을 닫았다. 나중에 그 딸이 혼인을 앞두었다는 말을 들었다. 남편 될 사람은 현장 노동자. 그런데 운동권이라고 했다.

인천의 노동쟁의사건으로 쫓기던 노동자 청년과 술집 딸은 결혼을 하기로 작정했다며 그에게 말했다. 행복해야 할 두 젊은이들. 그가 그들이 부탁도 하기 전에 주례를 맡기로 약속했다. 그 밤, 그는 한 편의 시를 썼다.

낡은 교회 담벼락에 씌어진
자잘한 낙서에서 너희 사랑은 싹텄다
흙바람 맵찬 골목과 불기 없는
자취방을 오가며 너희 사랑은 자랐다

가난이 싫다고 이렇게 살고 싶지는 않다고
반 병의 소주와 한 마리 노가리를 놓고
망설이고 헤어지기 여러 번이었지만
뉘우치고 다짐하기 또 여러 밤이었지만
망설임과 헤매임 속에서 너희 사랑은
굳어졌다 새삶 찾아나서는
다짐 속에서 너희 사랑은 깊어졌다
돌팔매와 최루탄에 찬 마룻바닥과
푸른옷에 비틀대기도 했으나
소줏집과 생맥줏집을 오가며
다시 너희 사랑은 다져졌다
그리하여 이제 너희 사랑은
낡은 교회 담벼락에 씌어진
낙서처럼 눈에 익은 너희 사랑은
단비가 되어 산동네를 적시는구나
훈풍이 되어 산동네를 누비는구나
골목길 오가며 싹튼 너희 사랑은
새삶 찾아나서는 다짐 속에서
깊어지고 다져진 너희 사랑은

두 사람의 결혼식은 길음동 산꼭대기 지하 교회에서 있었다. 아주 작은 개척교회였다. 하지만 그는 주례를 하고 축시도 읽고, 행복했다. 가슴이 벅찼다. 가난하다고 외로움을 모르겠는가, 가난하다고 두려움이 없겠는가, 가난하다고 해서 사랑을 모르겠는가, 가난하다고 해서 왜 모르겠는가…… 가난하다고 해서.

결혼식장에서 돌아와 그는 그들을 위해 또 한 편의 시를 썼다.

가난하다고 해서 외로움을 모르겠는가
너와 헤어져 돌아오는
눈 쌓인 골목길에 새파랗게 달빛이 쏟아지는데.
가난하다고 해서 두려움이 없겠는가
두 점을 치는 소리
방범대원의 호각소리 메밀묵 사려 소리에
눈을 뜨면 멀리 육중한 기계 굴러가는 소리.
가난하다고 해서 그리움을 버렸겠는가

어머님 보고 싶소 수없이 뇌어보지만

집 뒤 감나무에 까치밥으로 하나 남았을

새빨간 감 바람소리도 그려보지만.

가난하다고 해서 사랑을 모르겠는가

내 볼에 와 닿던 네 입술의 뜨거움

사랑한다고 사랑한다고 속삭이던 네 숨결

돌아서는 내 등뒤에 터지던 네 울음.

가난하다고 해서 왜 모르겠는가

가난하기 때문에 이것들을

이 모든 것들을 버려야 한다는 것을.

— 「가난한 사랑 노래」 전문

1975년인가, 그 이듬해인가. 그에겐 정권이 붙여준 동무
가 생겼다.

박정희 유신정권은 그를 '불온한 시인'으로 분류해서 그
의 일과를 살피는 형사를 배정해주었다. 처음엔 감시자 같
아서 서먹하고 서로 경계심을 가졌지만 사람 사이라 머지
않아 친해졌다. 형사는 아침부터 그의 집으로 출근하는 일
이 잦아졌다. 감시자 노릇이 민망하고 지루하고 미안해졌

을까? 형사는 빈손으로 출근하지 않아 자주 술병과 안주가든 비닐 봉투가 손에 들려 있었다. 술을 사이에 두고 인사하고 잡다한 이야기를 하면서 조금씩 익숙해지고 드디어경계심의 거죽이 헐거워지기도 했다. 감시자인 형사는 그가 누구와 통화하고 통화 내용은 무엇인지 기록하고 그가누구를 만나고 누구와 무슨 이야기를 하는지 그런 것을 시시콜콜 알아두려고 했다. 그렇게 알아낸 것들을 보고하는게 형사의 임무였다.

형사는 그를 형님이라고, 친근한 호칭으로 바꿔 불렀다. 그가 어디로 가든 늘 그림자처럼 따라붙었지만 그가 지켜보는 신경림이, 아마도 신경림의 전부인 적은 단 한 번도없었을 것이다.

그러나 어쨌건 신경림이 고용하지 않았어도, 그가 일부러 따로 부탁하지 않았어도 그를 지켜주는 사람이 생기기시작했다. 형사 말고도 여기저기 많았다. 정릉파출소 옆의그가 잘 가던 생맥줏집, 그곳에 들르면 주인이 먼저 그에게 살며시 알려주었다.

"저기 형사가 와서 선생님이 무슨 말 하나 잘 들어보래요. 말조심하세요."

은근하게 그를 보호하던 사람들, 시국이 늘 서슬 퍼렇긴
해도 아주 불안하고 외롭지는 않았다. 그를 담당하던 형사
는 시인 형님에게 '인간적'으로 다가왔다. 어제 먹은 술이
다 깨지 않아 정신이 몽롱한데 아침부터 마주 앉은 형사는
일과를 시작하는 것이었다. 어제 만나 술을 마신 동료들이
누군지, 이름을 알고 싶어 했다. 그들과 나눈 이야기들이
어떤 것인지 알아내서 보고 건수를 늘려야 했다. 그가 전
화를 받으면 형사는 귀를 기울여 내용을 한마디도 놓치지
않으려 애썼다. 통화가 끝나면 통화를 한 사람이 누군지
물어서 기록했다. 그게 그의 일이었다. 시인은 차츰 익숙
해져서 그가 그의 생활 전체를 파악하도록 내버려 두었다.
그러나 누군가 생활을 감시하고 있다는 것, 일상이 낱낱이
기록되는 생활을 해보지 않고는 그 참상 같은 억눌림의 곤
욕을 이해하기 어려우리라. 시인과 형사는 형사가 사 들고
온 술을 마시고 하잘것없는 이야기를 했다. 그것도 지겨워
지면 형사가 말했다.

　"형님, 바람이나 쐬러 갑시다!"

　그인들 지겹지 않았으랴. 형사는 관할구역에서 돈도 있
고 시간도 있으되 자신에게 잘 보여야 할 사람들을 섭외했

다. 그들은 승용차를 가져와서 함께 교외에 나가기도 했다. 교외의 술집에서 술을 마시고 저녁이면 돌아와 형사는 시인의 집 근처에서 퇴근을 했다.

이제나저제나 술을 마시면 적당한 시간에 끝내지 못하는 버릇이 왜 생겼는지, 그는 항상 밤을 지새우며 술을 마시려고 했다. 그렇게 과음을 하고 나면 숙취가 길게 끌었다. 배앓이를 하거나 변비로 낮을 찡그리게 되었고 몽롱해서 이삼 일은 아무것도 하지 못하고 지냈다. 시나 산문을 쓰려면 명징해야 했으니 숙취로 몽롱하고 혼곤한 이삼 일은 한 행의 시도, 한 줄의 산문도 쓰지 못한 채 지냈다.

그런 어느 날이었다. 고향 땅 충주시의 노은면으로 성묘를 가야 할 때였다. 그날이라고 형사가 그를 놓아주진 않았다. 대신 자가용을 몰고 와서 그를 '대접'했다. 물정 모르는 고향 사람들은 기사를 두고 자가용으로 고향에 성묘 온 '신응식'의 출세한 모습을 보고 우르르 몰려와서 에워싸며 "우와" 감탄했다.

"저 사람 형사야."

그가 이렇게 말하자 몰려들었던 사람들이 뭐라지 않아도 알아서 슬슬 사라졌다. 농촌 사람들이라고 형사가 두렵지 않으랴.

그가 생애 처음으로 문학상을 받던 그해 1974년엔 민청학련으로 유명한 학원간첩단 사건이 났고, 그 이듬해 창비시선 1권으로 『농무』 증보판이 나올 땐 인혁당사건이 났다. 그는 만 사십 세가 되었다.

미국이 개입했던 베트남전쟁이 미국의 패망으로 끝나고 1978년엔 미국과 중공이 국교를 수립했다. 국내에선 오랜 군부독재, 개발독재의 피로에 진력이 난 사람들이 팥죽 끓듯 박정희 정권의 퇴진을 이야기했다.

그즈음은 참 이상한 때였다. 맘이 맞는 동업자들끼리 술 마시고 취해서 술김에 털어놓은 말이 그다음 날이면 '문건'으로 되어서 형사가 알고 있었다.

"어제 술 마시고 이런 이야기 하셨다면서요?"

이런 식이었다. 이런 경험을 하고 나면 아찔해서 어젯밤 술집 탁자에 함께 있었던 동업자들의 얼굴을 떠올리고 누군가? 하나하나 의심으로 검열해야 했다. 의심은 지겹고 검열은 더욱 역겨웠다. 시를 써야 할 명징한 마음속이 지겨움과 역겨움으로 끓어서 그는 술을 마시지 않고는 견딜 수 없게 되어갔다.

　그는 위안이 필요할 때 고향으로 내려갔다. 태어나고 자
란 시골의 고향 마을까지는 가지 못하고 시내에서 버젓한
직장을 가져 수입이 고른 친구들을 찾아 술을 얻어 마셨
다. 술값은 언제나 그가 입으로 쓰는 이야기들이었다. 불
안하고 어수선한 정국에 대해 이야기하는 건 언제나 근사
한 인상을 남기거나 남긴다고 생각되었다. 그래도 그는 긴
급조치의 조항들을 피해서 이야기했다. 이런 이야기를 하
면 할수록 마음은 허전하고 어수선했다. 더군다나 그날은
하루 종일 비가 내렸다. 그는 시내에서 버스를 타고 시골
마을로 갔다. 전혀 그럴 작정은 아니었지만 문득 아내의
장례식에 내리던 비가 떠올랐던 것이다.

　버스가 고향 마을 정류장에 멈췄을 때, 그가 버스의 하
차 발판을 딛고 내려서는 순간 낯익은 얼굴을 만났다. 산
지기의 두 아들 중에 맏이였다. 그의 동생은 산지기의 둘
째 아들로 그와 함께 같은 반에 다닌 동무였다. 절대로 잊
히지 않는 이름과 얼굴을 가진 그의 동생. 마흔이 넘고 알
려진 시인이 되어서도 그해 운동장에서 있었던 일은 또렷

하게 기억났다.

두 사람은 너무 반가워 자석처럼 서로 붙어서 술집으로 들어갔다. 문밖에는 여전히 '구죽죽이 비'가 내렸다.

그는 동생 소식을 물었다. 도에서 주최한 학생 문예 현상모집에서 자신이 당선했을 거라 믿었다가 정작 교장이 호명한 이름이 산지기 아들이었던, 그 표현할 길 없는 나락과 수치심의 기억을 반추하면서 그랬다. 돈이 없어 시내의 중학으론 진학도 못 하고 시골 초등학교 급사로 일하면서도 책을 손에서 놓지 않았던 동무. 그는 『농무』를 내고 그에게 시집 한 권을 보내줬는데 "자기가 하고 싶었던 이야기를 시로 표현해줘서 기뻤다"는 내용의 편지를 보내왔었다. 그는 문법도 문장도 엉망인 그 편지가 어떤 비평가로부터 받은 찬사보다 기뻤던 걸 기억했다. 그러나 그가 동창의 소식을 물었을 때, 금방 대답하지 못하던 형은 빈술잔을 잡은 채 툭, 뱉었다.

"죽었어."

너무도 간단한 대답이었다. 구절양장의 인생살이를 정리하는 말로 이보다 더 간단명료한 표현이 있을까. 하지만 그는 금방 이해하지 못했다. 이해할 수 없었다. 이해하기 싫었을지 몰랐다.

"죽다니요?"

그래서 이렇게 물었다.

산지기 둘째 아들. 시인이 되거나 소설가가 되는 게 꿈이었던 동기. 가난해서 신응식의 집 종중 땅을 부치고 선산을 관리하던 집 아들. 그는 이제 사는 일이 허리 펼 만큼 되어서 경운기를 새로 샀단다. 그걸 사는 날 기분 좋아 술을 마시고 경운기를 몰며 돌아오다가 논두렁에 처박혔는데 그 길로 다시는 눈을 뜨지 못했다고 했다.

이날 그는 혼신을 뚝뚝 떨어뜨려 시 한 편을 엮었다.

물 묻은 손바닥에
지난 십년 고된 우리의 삶이 맺혀
쓰리다

이 하루나마
마음놓고 통곡하리라
아내의 죽음 위에 돋은
잔디에 꿇어앉다

왜 헛됨이 있겠느냐

밤마다 당신은 내게 와서 말했으나

지쳤구나 나는

부끄러워 우산 뒤에 몸을 숨기고

비틀대는 걸음

겁먹은 목청이 부끄러워

우산 뒤에 몸을 숨기고

소매 끝에 밴 땟자국을 본다

내 둘레에 엉킨

생활의 끄나풀을 본다

삶은 고달프고

올바른 삶은 더욱 힘겨운데

힘을 내라 힘을 내라고

오히려 당신이 내게 외쳐대는

이곳 국망산 그 한 골짜기 서러운 무덤에

종일 구질구질 비가 오는 날

이 하루나마 지쳐 쓰러지려는 몸을 세워
마음놓고 통곡하리라

— 「비 오는 날」 전문

　고등학교 3학년 이래로 더는 크지 않은 그의 키. 작고 얇
은 몸피 어디에 먹을 것이 있다고 불행이 들러붙었을까.
아이 셋은 할머니와 고모와 숙모들이 어미 없는 그늘 한
점 드리우지 못하게 감싸고 어루만져 키웠다. 아버지는 그
에게 등록금을 하루라도 늦게 주려 애썼지만 그는 아버지
를 닮지 않아야 해서, 어떤 경우에도 자식들의 등록금을
늦추지 않으려 애썼다.

　이즈음 그에겐 꿈이 잦았다. 꿈을 꾸고 나면 마음이 혼
란스럽고 스산해졌다.

　대개 악몽이었다. 끝도 시작도 없는 길을 걷고 또 걷는
꿈을 꾸다가 땀에 흠뻑 젖어 깨는 일, 눈보라 속을 가는
꿈, 수염이 텁수룩한 중년의 겁먹은 눈을 가진 남자, 그리
고 개가 세 마리나 덤벼드는 꿈…… 그저 개꿈이란 없을

것이다. 가만히 생각하면 무엇에 대한 암시이거나 소화되지 못한 음식물처럼, 고인 삶의 찌꺼기들이 이렇게 토악질을 하고 트림을 하는 것이었다.

걷고 걷는 일은 그의 인생에서 빼놓을 수 없는 버릇 같았다. 소년기에도 그랬지만 서울에서 시골로 내려가 무능력한 장남으로 방황하던 때도 온갖 데를 걸어 다녔었다. 그는 길에서 역사를 만나고, 길에서 다른 인생을 만나고, 길에서 위무와 반성과 희망을 스치고 건드리곤 했다. 그의 시집 『농무』와 『새재』는 그렇게 걷고 또 걸으며 자신의 남루한 청춘이 세상에서 얻어 들인 밥알과 오욕칠정의 나날들에 대한 기록이었을지 모른다.

하늘은 날더러 구름이 되라 하고
땅은 날더러 바람이 되라 하네
청룡 흑룡 흩어져 비 개인 나루
잡초나 일깨우는 잔바람이 되라네
뱃길이라 서울 사흘 목계나루에
아흐레 나흘 찾아 박가분 파는

가을볕도 서러운 방물장수 되라네

산은 날더러 들꽃이 되라 하고

강은 날더러 잔돌이 되라 하네

산서리 맵차거든 풀 속에 얼굴 묻고

물여울 모질거든 바위 뒤에 붙으라네

민물새우 끓어넘는 토방 툇마루

석삼년에 한 이레쯤 천치로 변해

짐 부리고 앉아 쉬는 떠돌이가 되라네

하늘은 날더러 바람이 되라 하고

산은 날더러 잔돌이 되라 하네

ㅡ「목계장터」전문

어린 신경림으로 하여금 최소한 목계나루쯤엔 나와서 살아야겠다는 대처大處에 대한 희망에 부풀게 했던 곳엔 지금「목계장터」시비가 두 개나 서 있다. 음식점 주인이 자기 돈으로 만든 비석과 충주시에서 세운 비석이다.

6부

날자, 더 높이 더 멀리

│　　　　　사십 대 중반의 나이에 이른 시인 신경림의 70년
대가 끝나가고 있었다. 그 끝의 상징은 박정희의 암살 사건.
대통령의 안위를 제일로 해서 만들어진 안가安家의 술상머
리에서 대통령이 자신의 심복에게 총에 맞아 죽은 사건이
었다.

　이 시해 사건과 함께 그의 70년대식 삶도 끝났다.

　"내가 이렇게 요시찰인이 된 것은 특별한 반정부 활동을
해서도 아니고 반체제 사상가여서도 아니다. 당시 제정신
을 가지고 세상을 살려는 지식인들이 하는 보통의 일을 나
도 했을 뿐이다……"라고 그는 어느 글에 썼다.

　'자유실천문인협의회의 간사직을 맡았고, 유신체제 철
폐와 긴급조치 해제를 요구하는 모임이나 데모에 더러 참

석했고, 그런 성명에 서명을 하는 낮은 단계의 저항을 했
고, 그런 이유로 수사기관에서 자술서라는 이름의 자서전
을 수백 장 썼고, 『예세닌 시집』 복사본을 가진 죄로 남산
에 끌려가 난생처음 매를 맞고 회유와 협박과 욕설을 들었
던' 그 70년대가 끝난 것이었다.

"돌아가라면 절대로 돌아가지 않을 그 암울했던 70년대
가 요즘은 가끔 그립기도 한 것은 두껍게 얼어붙은 얼음
아래서 그래도 나는 강물처럼 흘러왔다고 생각하기 때문
일까?"

그로부터 이십여 년이 지난 후에 그는 그 시절을 이렇게
회상했다. 그리고 그는 70년대의 마지막 해에 불안과 슬픔
과 절망과 분노와 억눌림과 비굴함의 얼음 밑에서 오로지
신경림의 정신으로 찍어 쓴 시편들을 모아 시집 『새재』를
냈다.

굿거리 장단에 어깻짓하며
동네방네 찾아가 소문을 팔다
헐어치운 대장간 벽 녹슨 모루에
얹어보면 험한 손 불빛이 검고

지쳐 누운 거적에 이슬이 찬데

하늘 보고 삼세번을 다시 절했네
천왕님 해왕님께 울며 빌었네
모질고 거센 바람 비켜 가라고
두렵고 어두운 노래 재워달라고

밤벌레는 울어대고 잊으라네 밤새워
왼손에 칼을 들고 밟아온 얼음
바른손에 불을 잡고 건너온 강물

절뚝이며 지나온 해로길 육로길
또 한 해 초라니 따라 흘러온 날더러
덜덜대는 달구지로 살아온 날더러

시비 거는 장꾼들 발길에 차여
한세상 각설이로 굴러다니다
한세상 광대로 허허대다가
눈떠 보니 서까래에 새벽별 희고

1980년 봄은 어수선했다. 5월이 되어도 여느 시절처럼 훈훈한 봄바람이 불지 않아 꽃봉오리며 새싹들은 한해寒害를 입었다. 농익을 봄날에 깃든 차디찬 대기는 사람이라고 봐주지 않아서, 그것을 피할 수는 없었다. 절기가 제 본모습을 잃은 시절, 시국도 그러해서 한반도의 남쪽에는 을씨년스럽기 그지없는 봄날의 하루하루가 이어졌다.

어느 것도 갑자기 나타나는 건 없을 터이니 이해 봄은 70년대의 자식 같았다. 청년, 학생, 노동자, 지식인, 직업정치가들은 암살에 의한 독재자의 말로가 자유와 해방의 장을 열었다고 들떴다.

하지만 채 두 달도 지나지 않은 한밤중에 탱크가 어디로부터 나와서 어디로 가더라는 소문이 돌았고, 그걸 직접보았다는 사람이, 그 소리를 밤새 들었다는 누구들이 두려운 목소리로 혹은 속삭임으로 전하고 전하기 시작했다.

80년대가 시작되기도 전인 그해 12월 12일의 현실이었다. 이후 일어난 일련의 사태들은 대한민국의 역사에 시련과 각성을 함께 던졌다.

신경림은 김대중 내란 음모 사건에 연루되어 몇 달 살고 나왔다. 내란 음모 혐의는 기소중지가 되었지만 그런 이력은 그를 '여권을 발급받지 못하는 특수 신분의 대한민국 국민'으로 만들어줬다. 그는 70년대처럼 여러 군데의 민간 재야 단체에서 일했다. 독자들은 시인에게 정치·사회적인 저항의 시를 요구했다. 사회와 정치색이 강한 시편에 대한 요구가 시대정신처럼 됐다. 진보 지식인, 진보 정치가, 진보 문화인들처럼 그도 사회 문화 운동을 열심히 해서 '진보'의 전위로 살았다. 그러나 그는 시인이고 시를 쓰지 않고는 어떤 일도 할 수 없었다. 달리 취직은 어렵고 할 일도 많지 않았다. 더군다나 그의 시인 정신으로는 '시대정신'이 요구하는 시를 잘 쓸 수 없었다. 억지가 느껴지면 남의 살처럼 낯선 시가 되어 자기 시를 보면서도 어색하고 불편했다. 통일을 염원하고 노동자 의식을 강조하고 외세를 비판하는 진보의 색깔을 의식적으로 드러내지 않으면 비겁한 시인이 된 것 같은 강박과 자기 검열에 시달렸다. 그의 시적 정서로는 그런 시엔 진정성이 없는 것 같아 늘 벗어나고 싶었다. 시를 씀으로써 자유로워져야 하는데 반대로 갑갑했다. 내내 그랬다.

이때 그가 맘의 닻을 내린 곳이 민요였다. 민요는 그 정서가 구체적 삶으로부터 우러나온 것이니 민중적이었다. 민중들의 삶을 찾아 그들이 그들의 생활에서 자아낸 노래들을 주우러 다니기 시작했다.

노동 현장과 대학가에서는 우리 것을 찾으려는 노력이 유행하기 시작했다. 문화로부터의 자주성을 찾으려는 노력이었다. 민요만이 아니라 미술, 문학, 연극 등 다양한 분야에서 민중성과 자주성이 화두이던 때였다. 그는 젊은이와 대학생들이 모여 만든 민요연구회의 대표로 활동하기 시작했다.

그는 남한강을 돌아다녔다. 민요가 아니더라도 그는 이미 남한강의 여러 군데를 돌아다니고 정붙인 세월이 있어서 새삼스럽지도 않았다. 남한강은 그가 「새재」를 쓸 때 이미 맘에 담았던 소재이기도 했다.

민요를 채록하러 다니며 그는 세상으로부터의 격절감隔絶感에서 마치 피난처처럼 숨어들어 만나게 됐던 민중의 삶, 그 진정한 속내에 좀 더 가까워졌다. 이렇게 나라 곳곳을 누비며 민중의 삶, 그 상징의 언어와 가락인 민요를 만나는 동안 다른 이들은 해외로 여행을 다녔다. 하지만 그는 여전히 나라 밖으로는 갈 수 없는 특수한 국민이었다.

그는 늘 그렇듯 성실하게 열심히 일을 했다. 소설가가 되고 싶었던 적도 있었으니 그에게 산문을 쓰는 일은 그리 어렵지 않았다. 민요 기행에 대한 글을 써서 책을 내고 강을 따라 기행하고 산문을 썼다. 이렇게 일해도 그의 생활은 좀처럼 펴지지 않았다. 얻어먹는 밥, 외상술, 대접받는 술로는 맘 한구석에 허기가 돌았다. 여전히 주머니는 텅 비어 가난이 타고난 팔자 같았다. 전두환과 노태우에 이르는 군부 통치 내내 내란 음모의 공소 기각자인 그의 삶은 안팎으로 옹색했다. 시인으로서 대안처럼 발 딛은 민요에서도 시적 해방감이나 온전한 성취감은 주어지지 않았다.

민요에 자신의 정신이, 표현의 자유분방함이 갇히는 느낌이어서 오래도록 '갑갑했다'.

그를 갑갑하게 한 것은 그런 것만은 아니었다.

말이나 글로는 급진적 진보를 표방하되 그 삶의 방식은 보수적 태도의 전형을 보이는 '진보 인사'들에 대한 환멸은 아직도 생생한 느낌으로 남아 있었다. 그들의 과격한 주장이나 함성은 언론이나 추종자들이 만드는 이미지를 통해 진보의 정수精髓로 대중적 각인을 획득하는 데 성공했다.

말은 반권력적이나 삶에서는 지배욕과 특권 의식의 징후를 유감없이 드러내는 진보 인사들. 그들을 생각하면 반권력적인 면모가 얼마나 권력 지향적인가를 확인하게 됐다. 그럴 때마다 그는 '내 문학이 이들과 괘를 같이할 수 있을까' 깊은 회의를 느꼈다.

80년대 내내 그를 짓누른 이념들, 통일에 기여하는 시, 노동 해방에 한 몫을 담당해야 하는 시, 민중의 해방을 담보하는 시…… 등의 요구는 그에게 '문학이 사회과학이 해놓은 것을 뒷바라지하는 종속'인 것처럼 느끼게 했다. 그의 이런 생각은 '문학주의'로 비판받지만 그는 자신의 생각이 옳다고 믿었다. 시詩는 시로서 존재하는 것이므로.

자리를 짜보니 알겠더란다

세상에 버릴 게 하나도 없다는 걸

미끈한 상질 부들로 앞을 대고

좀 처지는 중질로는 뒤를 받친 다음

짧고 못난 놈들로는 속을 넣으면 되더란다

잘나고 미끈한 부들만 가지고는

모양 반듯하고 쓰기 편한 자리가 안 되더란다

자리 짜는 늙은이와 술 한잔을 나누고

돌아오면서 생각하니 서러워진다

세상에는 버릴 게 하나도 없다는

기껏 듣고 나서도 그 이치를 도무지

깨닫지 못하는 내 미련함이 답답해진다

세상에 더 많은 것들을 휴지처럼 구겨서

길바닥에 팽개치고 싶은

내 옹졸함이 미워진다

— 「자리 짜는 늙은이와 술 한잔을 나누고」 전문

90년대가 되었다. 그의 인생은 오십 대 말을 지나고 있었다.

그는 어느 날 문득 맘이 편안해진 걸 느꼈다. '시가 신경림에게로 돌아온 느낌' 때문이었다. 이 느낌이 홀연히 불러들인 시가 있었다. 「길」이 그것이었다. 「길」을 쓰고 나서 정말 그는 다른 사람같이 홀가분하고 개운하고 편안해졌다. 시를 쓰는 일, 살아가는 일 모두 그랬다.

이즈음 고르바초프에 의해 주도된 개혁 개방이 마침내 소련 연방의 해체를 불러왔다. 미국과 함께 세계를 동서

진영으로 갈라서 지배하던 한 축, 소련이 '사라진' 것이었다. 1991년 초겨울의 일이었다. 잇달아 소련의 영향권에 있던 동구권들도 이념의 궤도 수정에 들어섰다. 실물대거나 그보다 더 웅장하거나 했던 레닌주의의 상징인 레닌의 동상이 인민들에 의해 밧줄에 묶여 땅바닥으로 내동댕이쳐졌다. 세계사적 사건이었다. 그에게 미지未知의 세상이었던 곳. 그래서 알지 못하거나 알지 못해서 무수한 꿈을 꾸던 곳. 인민의 평등과 복지, 그리고 인민에 복무하는 권력 따위를 꿈꾸게 했던 다른 세상에 대한 미련도 이렇게 사라졌다.

어린 날, 충무로 외가에서 만났던 어머니의 외사촌. 그의 입에 붙었던 말 "좋은 세상이 오면⋯⋯"은 아직도 그에게 잊히지 않는 표현이었다. 할아버지, 할머니, 어린이가 함께 벚꽃 핀 나무를 뽑아내는 그림이 표지이던 어린이 잡지 《별나라》. 첫 장에는 "가난한 노동자와 농민이 잘 살고 그 아들딸들이 마음 놓고 공부할 수 있는 나라⋯⋯"라고 쓰여 있던 그 책을 좋아한 이래, 그는 그가 몸담고 사는 세상과 궁합을 제대로 맞추지 못했다.

청춘에는 이해도 제대로 하지 못한 채 『공산당 선언』을 영문으로 읽었다고 으스대고, 사범학교 동창들이 버젓이 교사로 일하며 반듯한 생활인이 되어 있을 때 그는 불온한 지식인이거나 혹은 시대를 앞서가는 시인이어서 술 동냥을 하며 객기로 김일성 장군의 노래를 불렀었다. 그의 객기를 독재시대의 소박한 사내들은 재미와 흥미로 즐겼을지 모른다. 그는 술기운이 사라진 밝은 대낮이 되면 자신의 객기가 창피하고 또 두렵기도 해서 다시 술을 마셔야 했다. 정신의 피신처로 술보다 더 나은 것이 또 어디 있으랴. 역시 술에 빠져드는 것이 쉽고 제일 편했다.

그는 잠이 들면 언제나 비슷비슷하게 진저리 처지는 무서운 꿈을 꾸곤 했다.

군복을 입은 젊은이가 나타나 그를 데려갔다. 짙은 초록색 안경을 쓰고 옆구리엔 권총을 찬 젊은이. 젊은이가 그를 데려가는 곳은 강가 같기도 하고, 산언덕 같기도 했다.

그는 지난 세기의 불안이 이런 꿈을 꾸게 한다고 생각하며 그가 거쳤던 기관원들을 떠올려 보았다. 그런데 꿈속의 그 인물은 뜻밖에도 그를 매질하고 욕질하고 모욕하고 능멸하고 조롱하고 협박한 기관원이 아니라 중학교 시절의 하숙집 큰아들이었다. 그는 특무대원으로 인천상륙작

전 때 미군과 함께 선두에 섰다는데 웅식이 모처럼 찾아간 그날 밤, 누군가 불러내어 나갔다가 개울가에서 총에 맞아 죽은 사람이었다.

그가 두려운 건 아마 그런 것일 테다. 사람이 사람답게 살지 못하고 권력의 사주를 받거나 앞잡이가 되어 자신을 잃는 일. 자신을 잃은 채 저지르는 악행 같은 것. 악행이라고 느끼지도 못한 채 죽고 죽여야 하는 세태……

권력이 닿기 이전에 생명은 있고 권력이 보호하기 이전에 생명은 씨를 품고 싹을 틔우는…… 그 이치대로 살 수 있다면…….

시정신이 궁극적으로 닿으려 안간힘 쓰는 곳이 그런 지점이 아닐까.

1993년, 신경림의 나이 쉰여덟 살. 하늘의 뜻을 안다는 지천명도 저물어 이순耳順을 앞둔 즈음에야 그는 정치적으로 자유로운 사람이 되었다. 여행이 자유로운 대한민국 국민의 신분을 되찾은 것이었다. 그는 비로소 여권을 내서 생애 처음으로 해외여행을 떠났다. 첫 행선지는 중국의 동북 지방으로 가서 백두산까지 돌아보는 여정이었다.

어린 날, 투기를 즐기던 아버지의 금광 사업, 그 언저리

일로 집에 와 살던 기술자의 언변에 홀려서 꿈처럼 상상하고 고대하던 저 중국 동북방. 바다같이 넓은 벌판의 한도 끝도 없는 수수밭과 고량주와 술집과 꾸리苦力들. 목단 강가의 시장과 뒷골목들…….

이해 그는 시집 『쓰러진 자의 꿈』을 내고 이 시집으로 단재문학상을 받았다. 이 시집은 불어로도 번역되었으며 그는 파리에서 열린 '한국문학의 해' 행사에도 참석했다.

1997년, 그가 환갑을 넘길 즈음 모교인 동국대학교의 석좌교수가 되어 제대로 월급을 받을 수 있었다. 다음 해엔 우리교육에서 출간한 『시인을 찾아서』가 베스트셀러가 되어 마침내 인세로 돈을 듬뿍 받게 됐다.

이날 되도록 떠나지 않던 돈 걱정이 슬며시 사라진 것이었다. 1998년엔 시집 『어머니와 할머니의 실루엣』을 냈다.

여든까지 살다 죽은 팔자 험한 요령잡이가 묻혀 있다
북도가 고향인 어린 인민군 간호군관이 누워 있고
다리 하나를 잃은 소년병이 누워 있다
등 너머 장터에 물거리를 대던 나무꾼이 묻혀 있고 그의
말 더듬던 처를 꼬여 새벽차를 탄 등짐장수가 묻혀 있다

청년단장이 누워 있고 그 손에 죽은 말강구가 묻혀 있다

생전에는 보지도 알지도 못했던 이들도 있다
부드득 이를 갈던 철천지원수였던 이들도 있다
지금은 서로 하얀 이마를 맞댄 채 누워
묵뫼 위에 쑥부쟁이 비비추 수리취 말나리를 키우지만
철 따라 꽃도 피우고 열매도 맺으면서
뜸부기 찌르레기 박새 후투새를 불러 모으고
함께 숲을 만들고 산을 만들고

세상을 만들면서 서로 하얀 이마를 맞댄 채 누워

—「묵뫼」 전문

　최신 전자제품장수와 싸구려 기성복장수가 다투어 목청
을 높인다.
　어떤 장꾼은 아침부터 시비만 하고, 어떤 장꾼은 종일 커
피전문점만 들락인다.
　전대를 가득 돈으로 채우고도 소주릅은 볼이 부었고,
　시금치 바구니 앞에 쪼그리고 앉아서도 등 굽은 할머니

는 천하태평이다.

　생김새도 사는 것도 각양각색이라, 언청이와

　혹부리가 길이 다르고 꿈이 다르듯. 그러다가도

　문득 국밥집에 들어와 석유난로에 얹는 손들을 보면 닮

았다.

　쭈그러진 손등의 주름이 같고, 손바닥에 박인 못이 같다.

　주름과 못 속으로 팬 깊고 푸른 상처가 서로 닮았다.

　　　　　　　　　　　　　　　　　　－「손」전문

　큰 몽둥이 하나 끌고 쇠전에서 설치던

　가마니 잘 짜던 내 족숙은 거적때기에 말리고

　그 족숙 미워 시향도 피하던 다른 족형

　칼빈총 멘 채 등에 칼 꽂고 금점굴에 처박히고

　그놈의 높새바람 사납기도 하더니

　참나무고 홰나무고 남아날 것 같지 않더니

　이젠 족숙모 잡화전 모퉁이에서 국수틀을 돌리고

　족형수 길 건너 노점에서 시루편을 팔고

　마주치면 더러 입에 게거품을 물다가도

허허거리고 얻어온 시향떡도 나누고

그놈의 마파람 모질기도 하더니

진달래고 개나리고 다시 필 것 같지 않더니

마주치면 손톱을 세우고 이빨을 갈다가도

　　　　　—「마주치면 손톱을 세우고 이빨을 갈다가도」 전문

7부

우리가 지나온 길에

│　　　　지구별 한 덩어리가 온통 새천년이라고 난리
를 칠 때 그는 예순다섯 살이 되었다. 풍속으로는 늙은이
라지만 마음은 여전히 늙지 않아 그는 대낮이라도 술이 들
어가면 밤이 지새도록 술잔을 놓지 못했다.

　시를 좋아하고 시를 쓰고 싶고 시인과 이야기하고 싶은
여자는 너무 많고 그는 수십 년째 홀아비였다. 당신의 어
머니가 우유 먹여 기른 막내는 물론 큰자식까지 모두 제
앞가림을 하게 됐고 마침내 그의 곁을 떠났다. 근처에 사
는 외손자는 사람꽃人花이어서 손자만 생각하면 그는 기뻤
다. 누가 묻지 않아도 손자 이야기를 했고 손자가 원하면
무엇이든 다 하는 할아버지가 되었다. 손자가 좋아하는 자
장면을 사이에 두고 아이 수준의 대화를 나누는 것이 가슴

저리게 행복해서 그는 모처럼 삶이, 생활이 따뜻해졌다.

돈 걱정 사라진 지 몇 해, 돈을 만지는 기분을 느끼게 된 지 여러 해, 친지나 동업자 선후배 동료들에게 술 사고 밥 사는 일이 이토록 뿌듯한지 그 즐거움을 즐기게 된 것도 이즈음이었다. 집 가까운 곳에 뒷동산처럼 버티고 선 삼각 산 자락. 후다닥 올라가면 칼바위 능선이나 정릉 보국문으로 해서 아카데미 하우스 쪽의 대동문은 한달음이었다. 젊은이 중엔 시샘도 섞어 그에게 산다람쥐라 별명 지어 부르고, 그는 일주일에도 두세 번은 산에 올랐다. 산이 그에게 주는 위로와 새로운 힘은 말로 다 할 수 없었다. 서울살이 반세기가 훨씬 넘었는데 그중 거의 대부분을 정릉 어간에서 두세 번 이사하며 여태 산다. 벌써 훌쩍 커버린 손자는 조손간祖孫間의 사랑이 할아비의 영원한 짝사랑임을 확인하게 했지만 자식으로 뻗어난 그 생명의 가지들로 그의 등이 훈훈해 보인다.

그는 산에만 가는 건 아니었다. 뒤늦은 해외여행길에 신바람이 나서 이제 가까운 중국이나 일본으로 사나흘 다녀오는 일은 나들이가 됐다 해도 지나친 말이 아니었다. 적게는 일 년에 두어 번 많게는 네댓 번도 나갔다. 외국에 다니면서 새롭게 눈뜨거나 고정되었던 관념을 수정하게 된 것도 있었다. 우리 역사에 대한 지나친 부정적 시각도 밝아졌다. 해방 후의 역사를 부정하는 견해도 있지만 그는 '그래도 대한민국은 종전 후에 성공한 나라'라고 긍정하게 됐다. 민주화의 진행이나 경제 발전에 대한 자부심도 생기고 그런 현실을 인정하는 긍정적 사고를 하게 되었다.

외진 별정우체국에 무엇인가를 놓고 온 것 같다
어느 삭막한 간이역에 누군가를 버리고 온 것 같다
그래서 나는 문득 일어나 기차를 타고 가서는
눈이 펑펑 쏟아지는 좁은 골목을 서성이고
쓰레기들이 지저분하게 널린 저잣거리도 기웃댄다
놓고 온 것을 찾겠다고

아니, 이미 이 세상에 오기 전 저 세상 끝에
무엇인가를 나는 놓고 왔는지도 모른다
쓸쓸한 나룻가에 누군가를 버리고 왔는지도 모른다
저 세상에 가서도 다시 이 세상에
버리고 간 것을 찾겠다고 헤매고 다닐는지도 모른다

－「떠도는 자의 노래」전문

이렇게 서둘러 달려갈 일이 무언가
환한 봄 햇살 꽃그늘 속의 설렘도 보지 못하고
날아가듯 달려가 내가 할 일이 무언가
예순에 더 몇해를 보아온 같은 풍경과 말들
종착역에서도 그것들이 기다리겠지

들판이 내려다보이는 산역에서 차를 버리자
그리고 걷자 발이 부르틀 때까지
복사꽃숲 나오면 들어가 낮잠도 자고
소매 잡는 이 있으면 하룻밤쯤 술로 지새면서

이르지 못한들 어떠랴 이르고자 한 곳에
풀씨들 날아가다 떨어져 몸을 묻은
산은 파랗고 강물은 저리 반짝이는데

－「특급열차를 타고 가다가」전문

이쯤에서 길을 잃어야겠다

돌아가길 단념하고 낯선 처마 밑에 쪼그려 앉자

들리는 말 뜻 몰라 얼마나 자유스러우냐

지나는 행인에게 두 손 벌려 구걸도 하마

동전 몇닢 떨어질 검은 손바닥

그 손바닥에 그어진 굵은 손금

그 뜻을 모른들 무슨 상관이랴

　　　　　　　　　　－「내가 살고 싶은 땅에 가서」 전문

　아흔의 어머니. 여전히 일주일에 두어 번 술에 절어들어 두 손을 배에 대고 허리 굽혀 화장실을 들락거리곤 하는 아들을 기다렸다. 당신이 띄운 청국장이나 된장으로 국을 끓여 아들을 말없이 보살피는 어머니. 성혼한 아들자식이라도 지아비 노릇 채 십 년도 해보지 못했으니 여전히 품을 떠나지 못한 아들이었다. 아들은 늦잠을 자도 아흔의 어머니는 여전히 이른 아침 일어나 문턱의 신문을 가져다 샅샅이 읽었다. 정치와 사회면은 물론 사설도 읽고 문화면의 연예란도 다 읽었다. 이즈음엔 새벽에 안경을 쓰고 성경을 읽는 모습이 아들에게 보이기도 했다.

"재미있어요?"

아들이 물었다.

"재미는 있는데 완전히 믿기지는 않아."

어머니가 대답했다.

어머니의 기억력은 아들보다 나았다. 집으로 걸려온 전화를 기억했다가 알려주고 아들이 미처 떠올리지 못하는 전화번호를 모두 기억했다가 알려주고 '시시한 연속극'보다는 교양 프로그램을 더 즐겨 시청했다.

그 어머니, 일 년도 안 되어 어미 품을 잃은 막냇손자를 우유 먹이며 품 안에서 길렀는데 작년에 결혼시켰다. 손자가 결혼한 이듬해 병을 얻었다.

　　어려서 나는 램프 불 밑에서 자랐다,

　　밤중에 눈을 뜨고 내가 보는 것은

　　재봉틀을 돌리는 젊은 어머니와

　　실을 감는 주름진 할머니뿐이었다.

　　나는 그것이 세상의 전부라고 믿었다.

　　조금 자라서는 칸델라불 밑에서 놀았다,

　　밖은 칠흑 같은 어둠

지익지익 소리로 새파란 불꽃을 뿜는 불은
주정하는 험상궂은 금점꾼들과
셈이 늦는다고 몰려와 생떼를 쓰는 그
아내들의 모습만 돋움 새겼다.
소년 시절은 전등불 밑에서 보냈다.
가설극장의 화려한 간판과
가겟방의 휘황한 불빛을 보면서
나는 세상이 넓다고 알았다. 그리고

나는 대처로 나왔다.
이곳 저곳 떠도는 즐거움도 알았다,
바다를 건너 먼 세상으로 날아도 갔다,
많은 것을 보고 많은 것을 들었다.
하지만 멀리 다닐수록, 많이 보고 들을수록
이상하게도 내 시야는 차츰 좁아져
내 망막에는 마침내
재봉틀을 돌리는 젊은 어머니와
실을 감는 주름진 할머니의
실루엣만 남았다.

내게는 다시 이것이

세상의 전부가 되었다.

　　　　　　　　　　　　 — 「어머니와 할머니의 실루엣」 전문

　2001년, 세는나이로 그는 예순일곱. 이해에 어머니가 세
상을 떠났다. 이제 그가 전화번호나 이름을 몰라 신경을
곤두세울 때, 그에게 숫자를 외웠다가 들려주고 이름을 말
해줄 사람이 곁에서 사라진 것이었다.

　이 세상에 태어나서 그와 가장 오래 함께 산 사람이 어
머니였다. 자신의 어린 자식들에게조차 어머니였던 그의
어머니.

　마치 세상살이에 수줍음 많은 소년 같아서 술 취하길 좋
아하고 취기가 깨는 걸 싫어한 시인 아들 신경림에게, 이
제 어머니는 없다. 아무 때건 그를 기다려 반기고 술국도
끓여주고, 청국장과 된장 냄새 풍기는 주방 쪽에서 바지런
히 움직이고, 그가 기억하지 못하는 것들을 기억해서 일깨
워 주던 어머니…….

　어머니가 다른 세상으로 떠났다. 그러나 어머니는 그냥

모습만 눈에 보이지 않을 뿐이었다. 그는 어머니가 걷던 길을 걸으며 한 편의 아름다운 시를 썼다.

정릉동 동방주택에서 길음시장까지, 이것이
어머니가 서른 해 동안 서울 살면서 오간 길이다.
약방에 들러 소화제를 사고
떡집을 지나다가 잠깐 다리쉼을 하고
동향인 언덕바지 방앗간 주인과 고향 소식을 주고받다가,
마지막엔 동태만을 파는 좌판 할머니한테 들른다.
그이 아들은 어머니의 손자와 친구여서
둘은 서로 아들 자랑 손자 자랑도 하고 험담도 하고
그러다 보면 한나절이 가고,
동태 두어 마리 사 들고 갔던 길을 되짚어 돌아오면
어머니의 하루는 저물었다.
강남에 사는 딸과 아들한테 한번 가는 일이 없었다.
정릉동 동방주택에서 길음시장까지 오가면서도
만나는 사람이 너무 많고
듣고 보는 일이 이렇게 많은데
더 멀리 갈 일이 무엇이냐는 것일 텐데.

그 길보다 백 배 천 배는 더 먼,
어머니는 돌아가셔서, 그 고향 뒷산에 가서 묻혔다.
집에서 언덕밭까지 다니던 길이 내려다보이는 곳,
마을 길을 지나 신작로를 질러 개울을 건너 언덕밭까지,
꽃도 구경하고 새소리도 듣고 물고기도 들여다보면서
고향살이 서른 해 동안 어머니는 오직 이 길만을 오갔다.
등 너머 사는 동생한테서
놀러 오라고 간곡한 기별이 와도 가지 않았다.
이 길만 오가면서도 어머니는 아름다운 것,
신기한 것 지천으로 보았을 게다.

어려서부터 집에 붙어 있지 못하고
미군 부대를 따라 떠돌기도 하고
친구들과 어울려 먼 지방을 헤매기도 하면서,
어머니가 본 것 수천 배 수만 배를 보면서,
나는 나 혼자만 너무 많은 것을 보는 것을 죄스러워했다.
하지만 일흔이 훨씬 넘어
어머니가 다니던 그 길을 걸으면서,

약방도 떡집도 방앗간도 동태 좌판도 없어진

정릉동 동방주택에서 길음시장까지 걸으면서,

마을 길도 신작로도 개울도 없어진

고향 집에서 언덕밭까지의 길을 내려다보면서,

메데진에서 디트로이트에서 이스탄불에서 끼예프에서

내가 볼 수 없었던 많은 것을

어쩌면 어머니가 보고 갔다는 걸 비로소 안다.

정릉동 동방주택에서 길음시장까지,

서른 해 동안 어머니가 오간 길은 이곳뿐이지만.

　　　　　　　　　― 「정릉동 동방주택에서 길음시장까지」 전문

그는 요즘도 사나흘 도리로 어머니를 잠결에서 만난다.
대개 부엌에서 일을 하는 모습으로 나타난다. 어머니가
살림하는 집 안은 꿈속에서도 소박하고 부드럽고 따뜻하
다…….

　어머니가 떠난 뒤로 그에게 남아 있던 생의 몇 가지 문
제들이 기다렸다는 듯이 풀렸다. 주위에서 어머니가 모든
것을 해결하고, 드디어 안심이 되니 먼 길을 가셨다고 말

해주었다. 그도 그렇게 생각했다.

어머니가 해결해준 건 생활의 윤택함만은 아니었다. 그는 문득 한 시대가 어머니와 함께 자신의 삶에서 사라졌다는 걸 알게 됐다.

어머니가 있을 땐 풍성한 느낌이 늘 있었다. 시골 삶에서 발을 못 뺀 듯한 느낌이랄까. 그러나 어머니가 떠남으로써 그는 자신으로부터 '농민적 정서가 빠져나간 기분'을 느꼈다. 농민적 정서에서 벗어나면서 그것의 소중함을 고향처럼 확인하게 되는 아리디아린 느낌.

그의 혈육 중에서 이제 그가 가장 어른, 제일로 늙은 사람이 되었다. 홀가분하고 섭섭하고 가볍다.

한동안 그는 생의 '늙은 봄철'을 살아서 마음은 여전히 뜨겁고 몸도 달았지만 지금은 '혼자라는 것'이 자신에게 잘 맞는다는 걸 알아차렸다. 혼자 자는 침상이련만 그는 국내의 어느 곳에 가더라도 외박이 싫어 반드시 집으로 돌아오곤 한다. 조금 걸으면 닿는 동네의 작은 극장에서 혼자 영화를 보고 이 골목 저 골목 걸으며 어제 보았어도 다시 새삼스런, 사람 사는 풍경을 구경하는 재미도 여간 아니다.

이제 '시 쓰는 것밖에 할 것이 없고 시 쓰는 것만큼 잘할 수 있는 게 없는' 시인 신경림은 '늙어가는 느낌'을 시로 쓸 생각이다. 늙어서 사는 느낌을 말로 하라면 설명이 잘 안 된다. 그래서 시로 쓸 수밖에 없단다.

낙타를 타고 가리라, 저승길은
별과 달과 해와
모래밖에 본 일이 없는 낙타를 타고,
세상사 물으면 짐짓, 아무것도 못 본 체
손 저어 대답하면서,
슬픔도 아픔도 까맣게 잊었다는 듯.
누군가 있어 다시 세상에 나가란다면
낙타가 되어 가겠다 대답하리라.
별과 달과 해와
모래만 보고 살다가,
돌아올 때는 세상에서 가장
어리석은 사람 하나 등에 업고 오겠노라고.
무슨 재미로 세상을 살았는지도 모르는
가장 가엾은 사람 하나 골라

길동무 되어서.

－「낙타」 전문

시인 신경림은 사춘기에 처음 술을 입에 대본 이후 처음
으로 요즘, 그동안 지나치게, 너무 많이 마신 술을 끊고, 한
달만, 반년만, 하면서 술기운 없는 맨정신으로 살아보는
중이다.

술을 마시지 않고, 처음엔 심심했고 지금은 명징한 상태
가 좋다고 했다. 술기운이 남은 정신으론 한 줄의 글도 쓰
지 못하는 그. 요즘 새삼 책 읽는 재미도 새록새록 붙었다.
읽었다고 생각하던 책, 다시 읽고 싶은 책들이 많다. 청춘
의 그에게 다른 세상, 다른 이념, 다른 가치를 꿈꾸게 한 책
들 중엔 참 시시한 것도 많았다는 걸 요즘 발견하고 확인
한다.

그의 젊은 시절 동무 중엔 누더기를 걸치고 앉아 거지
대장 노릇을 했던 시인이 있었다. 그는 동무가 몸이 가벼
워 새처럼 날아가지 않았을까 상상했었다. 거지가 가진 것
없이 너무 착하게 사는 바람에 몸이 가벼워져서 새가 되어
사라졌다는…… '새와 거지' 이야기도 있다. 여든을 바라

보는 시인 신경림. 그가 슬픔을 알게 된 이후, 원망의 감정이 생긴 이후 지금처럼 평안해본 적이 없다. 그 평안은 서럽지 않은 외로움과 한 몸이다. 그는 이런 상태를 편안하게 여기는 기질을 타고났다고 생각한다.

……그러니 그도 이 세상에서 새처럼 가벼워지길 꿈꾸는 걸까? 인류의 정신적 유년기, 그 순수를 벗어나지 못하거나 순수의 밖으로 벗어나려 하지 않는 사람만이 시인이 되는 건 아닐까…….

그리고 몇 년이 지나 그는 여든 고비를 넘어섰고 또 몇 해가 지나갔다. 몸이 늙음을 잘 알려주곤 해도 술은 언제나 지독한 유혹이어서 멀리하기 어려웠다. 이 세상을 살아가면서 만취의 쾌감이 필요한 이유는 언제나 사방에 차고 넘쳤다.

그날도 그랬다. 2014년 4월 16일 수요일, 그의 오래된 벗들과 함께해온 수요 등산길에서 내려와 통인시장 안의 식당에서 술을 곁들여 밥을 먹고 있을 때였다. 텔레비전에서 여객선 세월호가 침몰했는데 전원 구조되었다는 소식을 전했다. 다행스러웠다. 하지만 식당을 나설 때, 전원 구조는 오보라고 뉴스 자막이 떴다. 구출되지 못한 승객은 제주로 수학여행을 떠난 단원고등학교 학생들을 포함해 삼백 명이 넘었다. 그는 일행과 헤어져 자신도 모르게 저절로 지하철을 타고 안산으로 갔다. 안산에 내려 여기저기 묻고 돌아다녔지만 단원고등학교에선 학교 관계자들과 학부모들이 우왕좌왕하는 모습만 보였다. 아무도 어떻게 해야 할지 이 상황을 실체적으로 받아들이지 못하는 것 같았다. 그의 마음도 다르지 않았다.

세월호 선체의 방송에서 학생들이 마지막으로 들은 안내 방송은 "가만히 있으라"는 것이었다. 안산은 서민들이 많이 사는 지역. 형편이 어려워도 고등학교의 마지막 수학여행이라고 경비를 힘겹게 마련해준 부모님도 있을 것이었다.

사나흘 이후 그는 다시 안산으로 갔다. 빈소에서 분향을 했다. 늘 혼자 다녔다. 이런저런 갈등들이 끓는 곳에서 더러 그를 알아보는 자식 잃은 어머니와 아버지도 있었다. 여러 차례 갔다. 가고 또 갔다. 삶이 온통 숙연해져서 그냥 있지 못했다.

아무도 우리는 너희 맑고 밝은 영혼들이

춥고 어두운 물속에 갇혀 있다고는 생각지 않는다

밤마다 별들이 우릴 찾아와 속삭이지 않느냐

몰랐더냐고 진실로 몰랐더냐고

우리가 살아온 세상이 이토록 허술했다는 걸

우리가 살아온 세상이 이렇게 바르지 못했다는 걸

우리가 꿈꾸어 온 세상이 이토록 거짓으로 차 있었다는 걸

밤마다 바람이 창문을 찾아와 말하지 않더냐

슬퍼만 하지 말라고

눈물과 통곡도 힘이 되게 하라고

올해도 사월은 다시 오고

아름다운 너희 눈물로 꽃이 핀다

너희 재잘거림을 흉내 내어 새들도 지저귄다

아무도 우리는 너희가 우리 곁을 떠나

아주 먼 나라로 갔다고는 생각지 않는다

바로 우리 곁에 우리와 함께 있으면서

뜨거운 열망으로 비는 것을 어찌 모르랴

우리가 살아갈 세상을 보다 알차게

우리가 만들어갈 세상을 보다 바르게

우리가 꿈꾸어 갈 세상을 보다 참되게

언제나 우리 곁에 있을 아름다운 영혼들아

별처럼 우리를 이끌어줄 참된 친구들아

추위와 통곡을 이겨내고 다시 꽃이 피게 한

진정으로 이 땅의 큰 사랑아

　　　－「언제까지고 우리는 너희를 멀리 보낼 수가 없다」 전문

　그는 세월호 참사가 일어난 일 주년이 되던 해, 「언제까지고 우리는 너희를 멀리 보낼 수가 없다」라는 시로, 살아서 돌아오지 못한 학생과 시민, 아직 어떤 모습으로도 나타나지 않은 이들의 영혼에 소통의 길을 내었다.

　다시 해가 바뀌도록 광화문엔 노란 리본을 매단 유가족의 농성 천막이 그대로였다. 아직 제대로 피어나지 못한 꽃송이 생명인 자식이 배와 함께 느리고도 급하게 바다 밑으로 가라앉는 걸 두 눈 뜨고 지켜본 가족은 물론 시민들도 이젠 말하지 않지만 잊지는 못한 채, 시간이 제 법칙으로 흘렀다.

　그런 시간의 한 곳에서 제풀에 무언가 균열, 혹은 파열음이 터졌다. 병신년 여름에서 가을에 이르는 동안 소리는

천천히 울리기 시작했고 마침내 굉음으로 천지를 울렸다. 우리들의 의구심, 우리들의 진실을 덮어 생기를 잃게 한 권력이란 장막을 찢듯이 비가 내리기 시작했다. 권력의 내부에 있던 한 개인으로부터 터져 나온 내부 파열음이, 내부 균열로 작은 천공을 만든 것이었다. 뻔한 거짓에 휘둘려 권력의 야만과 야비함에 시달리던 민중은 광화문으로 모여들었다. 아무도 그들을 불러내지 않았지만 자연의 섭리처럼 멀리 남쪽의 부산에서, 북쪽의 속초와 고성에서, 대절 버스를 타고 광화문으로 모여들었다. 권력의 한 축을 이루며 잘 지내던 사람들은 두려움으로부터 피신하려 했고 추악한 발악을 했다.

여든을 넘긴, 몸은 작고 정신은 큰 시인도 정릉에서 광화문으로 나갔다. 서로 얼굴을 모르는 사람들, 손에 든 촛불만으로 반갑고 정겨운 모습들. 그 사이사이에 진실과 평화의 염원이 생기生氣처럼 고였다. 유모차에 누인 아기를 곁에 둔 젊은 엄마, 어린 자녀의 손을 잡고 이순신 장군 동상 부근에 있는 세월호 희생자 추모관에 가서 국화를 바치는 아버지. 사는 곳이 달라 서로 쓰는 말투가 가지각색이었음에도 불구하고 누구도 지역에 대한 선입견에 신경을 쓰지 않았다.

그는 토요일이면 그곳에 가는 것이 기쁨이 됐다. 사람들 틈에 끼어 행진하다가, 대학생이 된 뒤로는 집에서 자주 못 본 손자와 마주쳐 새삼스런 행복감도 느꼈다. 모두다 반가웠다. 대통령을 탄핵하라는 민중의 함성은 오랜 가뭄의 단비처럼 광화문의 사람들에게 공동체의 기쁨을 확인하게 했다. 그곳에서 그는 뜻밖에도 오래도록 소식이 끊겼던 벗들을 우연찮게 만났다. 멀리 경기도에서, 서울 변두리에서, 또 어디로부터 모여든 그들. 머리카락이 하얗게 세고 얼굴엔 노쇠의 기색이 역력한 그들. 그러나 그들은 특별했다. 탄핵을 요구당한 대통령의 아버지로 인해 간첩이 되고 내란 음모자로 꾸며져서 동지를 사형으로 이별하고 자신은 무기징역이나 장기수로 복역하다가 감형 등으로 바깥세상에 나와 살고 있는 예전의 운동권인 '아무개'들. 그는 그들로부터 까물, 잊고 지내던 벗들의 소식을 들었다. 누구는 벌써 이 세상을 떠났고 누구는 다시 불행해졌으며…….

광화문에서 만나 술잔을 기울이며 회포를 풀었던 벗 김종대의 기사가 신문에 났다. 술김에, 밀려드는 회포에 젖어 제대로 듣지 못했던 그간의 사정이 비교적 소상히 실렸다. 그해, 1975년 4월 9일에 저질러진 소위 '인혁당사건'의 피해자 여덟 명을 쫓기듯 사형에 처한 날은, 국제법학회로부터 '사법 사상 암흑의 날'로 선포되었었다. 그날 이후 의문사조사위원회와 국정원 과거사위원회의 조사 결과 사건이 조작되었음이 밝혀졌고 전원 무죄 판결을 받는 데 삼십여 년이 걸렸다. 하지만 국가는 이들에게 지급한 손해배상금에 대해 여러 가지 이유로 반환 결정을 내려 아직 국가로부터 받는 고통은 끝나지 않았다고 했다.

그가 이즈음도 이상하게 생각하는 것 하나가 있다. 왜 이런 연유로 고통받는 사람들과 잘 어울리게 되는지, 잘 연결되는지…… 혹시 그들에게서 보여지는 아이 같은 순수성 때문일까?

중학생일 때 서무 담당이었던 이두균 선생님은 미전향 장기수로 복역하다가 나와서 감방에서 배운 약 짓고 침놓는 일을 경동시장의 허름한 2층에서 했다. 그와 함께 징역을 살다 나온 쇠귀 신영복 선생이 옥중에서 만난 이두균이 신경림의 시를 읽고 제자라고 했다며 소식을 알려줘서 만나게 되었었다.

대개 그렇듯 감옥에서 삼사십 년을 살다 나온 사람들은 소년 같은 공통점이 보인다. 이두균도 그랬는데, 결국 북한으로 갔다. 제자 시인은 "북한은 발전 가능성이 없다, 남한에서 자유롭게 사시라"고 술을 마시며 권했지만 받아들여지지 않았다. 선생님은 시인 제자에게 "사람대접을 안 해주는 남쪽에서 못 살겠다"고 말했다. 그는 지난 2000년 3월 북송을 희망하는 미전향 장기수 예순세 명의 한 명으로 떠났다.

이즈음 그는 젊은이들에게 말한다.

"인간에 대한 이해의 기반에서 역사를 비판해야 한다."

〈경향신문〉이 주관한, 목계나루와 충주 일원을 독자들과 동행하는 행사에서였다.

"고향을 떠나고 싶고, 타향에선 고향으로 돌아가고 싶고, 이런 충돌이 나의 시라고 생각한다."

"말 알아듣지 못하는 곳에서 우두커니 앉아 있는 거. 그리고 아무것도 안 하는 것."

그가 바라는 휴식은 이런 것일지 모른다.

그는 나이를 가늠하기 어렵도록 이즈음도 일을 쉬지 않는다. 그가 할 일은 시를 쓰는 일 말고도 많다. 독자와의 대화, 문학 강연, 집필, 그리고 무시로 유혹하는 술자리. 마음만큼 몸이 술을 받아들이지 못해 피하려 결심도 하지만 그게 잘 안 된다. 그가 회장으로 있는 오래된 산악회는 매주 일요일에 구기동에서부터 산행을 시작하는데 등산보다 뒤풀이 술자리가 더 화려하고 질겨서 '중턱산악회'란 별명을 얻었다. 요즘도 그는 일주일에 두 번은 등산을 한다. 그게 아니라면, 정릉을 한 바퀴 돌거나 정릉천에서 청수장을 지나는 개울가 길을 걷고, 또 마을과 마을을 골목으로 이어서 걸으며 타인들의 삶, 그 다양한 냄새와 소리를 느끼고 듣는다.

그는 이렇게 걷는 것, 마냥 걷는 것을 좋아한다.

"난 이 나이에도 나만 옳다는 생각은 안 해. 늙어가면서 오히려 내 주장이 줄어들더라고. 내 말을 사람들에게 들려주고 나는 또 사람들의 말을 듣고. 그것이 결국 인생이지. 시도 마찬가지야. 쓰면 쓸수록 시도 결국 소통이라는 생각이 들어……."

신경림은 〈매일경제〉의 허연 기자와의 인터뷰에서 이렇게 말했다.

"사람에게는 자기 나름의 삶의 기준이 있고 그 나름 가

치가 있는 건데 세계화가 사람들로 하여금 스스로를 초라
하게 생각하게끔 만들고 있어. 잘 먹고 잘 살면서도 아무
도 행복하지 않은 세상이 됐어. 문제야. 사람들이 다른 사
람의 삶에 줏대 없이 매혹되지 않았으면 좋겠어."

어른으로, 이 시대에 들려주는 말이다.

신경림, 그의 생활은 단순해지고 욕망도 투명해졌다. 평
생 하고 싶은 일을 하면서 살 수 있어 행복했다는 그. 다른
이들의 글을 읽다가 불현듯 글을 함부로 쓰고 발표하면 안
되겠다는 생각을 한다는 어른. 앞으로 좋은 시 열 편을 쓰
는 게 목표라고 말했다. 어찌 열 편만 쓰랴.

어떤 독자는 신경림의 시가 아무리 읽어도 질리지 않고
물리지 않는 시라고 말한다. 시뿐만이 아니라 삶도 그러하
다. 멀리서 혹은 더러 가까이서 보아온 신경림은 그렇다.
우리에게 질리지도 물리지도 않는 삶을 보여주는 어른이
다. 비록 아주 작은 몸피에 길음동의 재래시장에 가서 몸
에 맞는 값싼 티셔츠를 사서 입어도 결코 초라하지 않다.
단순하고 소박하기 때문에, 단단하고 부드럽기 때문에.

신경림이 마음도 생활도 환경도 가난하던 대학생 시절

읽었던 『가난 이야기』엔 "사치하지 않는 것이란, 필요한
것 이상을 지니지 않는 삶"이라고 쓰여 있었다.

광화문광장을 가득 메운 사람들 사이에
사막과 초원까지 가서 찾던 별이 보인다
종로 을지로 그리고 서울을 온통 뒤덮은
뜨거운 숨결 속에 별이 보인다

술집을 메운 내 옛 친구들의 야윈 얼굴에
죽은 친구들 멀리 간 친구들이 어른대는 술잔에
그리움과 눈물로 주고받는 술잔에
이것이 나라냐는 탄식 속에 별이 보인다

새로운 세상을 꿈꾸는 어린 눈망울에
엄마와 아빠 딸과 아들이 함께 부르는 노래 속에
서로 잡은 손과 손 어깨와 어깨 사이에
인도와 소백산까지 가서 찾던 별이 보인다

너무 어두워 서울 하늘에서는 사라진

반짝반짝 빛나는 별이 보인다

눈비도 아랑곳없이 늦도록 흩어지지 않고

앞으로 나아가는 촛불들 사이에 별이 보인다

— 「별이 보인다」 전문

신경림을 아는 사람들은 그가 남다른 청춘의 기상을 타
고났다고 생각하는 편이다. 특별한 에너지를 지닌 건 분명
하다. 그런 그가 여든으로 접어들어 한 해 두 해 지나는 동
안 기력의 쇠잔을 느끼거나 염려스런 기미로 병원을 찾는
일도 있었다.

하지만 그는 대통령을 탄핵으로 끌어내리는 민중들의
집회가 열리던 지난해 늦가을부터 이른 봄에 이르기까지
토요일마다 광화문에 나갔다. 그곳에서 그가 살아낸 과거
와 조우하고 현재와 미래를 한 덩어리로 만나 숨 쉬고 돌
아오면서 다시 청춘의 기상이 회복됐다.

「별이 보인다」는 그런 신경림의 생명을 통과해서 우리에
게로 온 시다.

별이 보인다.

어느 날 갑자기 신경림 선생님에 대한 글이 쓰고 싶어졌다. 마치 어떤 소재가 가슴에 들어와 덜컥 살림을 차리는 것과 흡사한 경우다. 나는 이런 걸 불씨라고 믿는데 그 불씨가 아무리 기다려도 꺼지지 않을 땐 '소설로 써야' 놓여날 수 있다.

그래서 그때부터 선생님은 나의 '소설'이 되었다.

시 전문 잡지에 이 글을 두 번에 걸쳐서 연재했었다. 몇 년이 지나, 오랜 친구 김영재 시인의 출판사에서 책으로 묶게 되었다. 교정 삼아 다시 글을 읽는데 아주 깊은 후회가 밀려들었다.

사실, 이런 일은 절대로 하면 안 된다. 살아 계신 선생님을 소재로 삼아 글을 쓰는 일…….

…….그러나 돌이킬 수 없게 됐다. 선생님의 시를 좋아하고 삶을 느낀 죄다.

이 글의 허물은 모두 나의 것이고 오롯이 나의 책임이다.

정유년 여름

이경자